SCIENCE FICTION

Herausgegeben
von Dr. Herbert W. Franke
und Wolfgang Jeschke

In gleicher Ausstattung erschienen außerdem als Heyne-Taschenbücher

TITAN 1 · Band 3487
TITAN 2 · Band 3507
TITAN 3 · Band 3520
TITAN 4 · Band 3533
TITAN 5 · Band 3546
TITAN 6 · Band 3558
TITAN 7 · Band 3579
TITAN 8 · Band 3597

TITAN 9

Herausgegeben
von
Robert Silverberg und Wolfgang Jeschke

Klassische Science Fiction-Erzählungen

WILHELM HEYNE VERLAG
MÜNCHEN

HEYNE-BUCH Nr. 3614
im Wilhelm Heyne Verlag, München

Eine Auswahl aus dem Band
SCIENCE FICTION HALL OF FAME, Bd. 1
Deutsche Übersetzungen von Ronald M. Hahn, Bernd W. Holzrichter
und Ulrich Kiesow

Redaktion: Wolfgang Jeschke

Die Übersetzung des Gedichts »Mimsy were the Borogoves« in der gleichnamigen Erzählung ist von Christian Enzensberger. Sie wurde dem Band Lewis Carroll, *Alice im Wunderland,* Frankfurt a. M. 1973, S. 200, entnommen. Wir danken dem Insel Verlag für die freundliche Genehmigung.
Printed in Germany 1978
Umschlagbild: Karel Thole
Umschlaggestaltung: Atelier Heinrichs, München
Gesamtherstellung: Mohndruck Reinhard Mohn GmbH, Gütersloh

ISBN 3-453-30522-1

INHALT

LEWIS PADGETT

Gar elump war der Pluckerwank*

Es hat überhaupt keinen Zweck zu versuchen, Unthahorsten oder seine Umgebung zu beschreiben. Denn einerseits sind seit dem Jahre des Herrn 1942 über eine Million Jahre vergangen; und andererseits befand sich Unthahorsten, technisch gesehen, nicht auf der Erde. Er tat etwas, das vergleichbar war dem Aufenthalt in etwas, das einem Laboratorium vergleichbar war. Er bereitete den Test seiner Zeitmaschine vor.

Als er den Strom eingeschaltet hatte, merkte Unthahorsten plötzlich, daß der Behälter leer war. Sein Vorhaben benötigte einen Kontrollgegenstand, einen dreidimensionalen Körper, der auf die Bedingungen eines anderen Zeitalters reagieren konnte. Sonst konnte Unthahorsten bei der Rückkehr der Maschine nicht feststellen, wo und wann sie gewesen war. Dagegen würde ein fester Körper in der Schachtel automatisch der Entropie und dem Strahlenbombardement des anderen Zeitalters ausgesetzt sein, und Unthahorsten konnte nach Rückkehr der Maschine die quantitativen und qualitativen Änderungen messen. Dann konnten die Rechner ans Werk gehen, und unmittelbar danach würde Unthahorsten erfahren, daß der Behälter vor kurzer Zeit das Jahr 1 000 000, das Jahr 1 000 oder, was auch der Fall sein konnte, das Jahr 1 besucht hatte.

Nicht etwa, daß es irgend etwas ausmachte, außer für Unthahorsten. Aber er war in vieler Beziehung kindisch.

Er hatte nicht mehr viel Zeit. Der Behälter begann zu glühen und zu zittern. Unthahorsten blickte gehetzt umher, verschwand im nächsten Glimmering und suchte dort in einer Lagerkiste herum. Er richtete sich auf und hatte den Arm voller merkwürdiger Gegenstände. Einige der ausrangierten Spielzeuge seines Sohns Snowen, die der Junge mitgebracht hatte, als er nach Erlernen der notwendigen Technik von der Erde herübergekom-

* So nach der Übersetzung von Christian Enzensberger in: Lewis Carroll, *Alice im Wunderland*, Bibliothek der Romane im Insel Verlag, Frankfurt a.M. 1963, S. 200.

men war. Na ja, Snowen brauchte das Gerümpel nicht mehr. Er war konditioniert und hatte alles Kindliche abgelegt. Außerdem war das Experiment wichtiger, auch wenn Unthahorstens Frau die Spielzeuge aus Sentimentalität aufbewahrte.

Unthahorsten verließ den Glimmering und schüttete die merkwürdige Sammlung in den Behälter; er schlug den Deckel zu, gerade bevor das rote Warnlicht aufblitzte. Der Behälter verschwand. Die Begleitumstände des Verschwindens ließen Unthahorstens Augen schmerzen.

Er wartete.

Und er wartete.

Schließlich gab er auf und baute noch eine Zeitmaschine; mit dem gleichen Erfolg. Snowen hatte sich über den Verlust seiner alten Spielsachen nicht geärgert, ebensowenig wie Snowens Mutter. Deshalb leerte Unthahorsten die Kiste aus und schüttete den Rest der Kindheitsüberbleibsel seines Sohnes in den Behälter der zweiten Zeitmaschine.

Nach seinen Berechnungen hätte sie auf der Erde auftauchen müssen, in der zweiten Hälfte des neunzehnten Jahrhunderts. Wenn es so war, dann war das Gerät dort geblieben.

Stocksauer beschloß Unthahorsten, keine Zeitmaschinen mehr zu bauen. Aber die Panne war nun mal passiert. Es gab zwei, und die erste . . .

Scott Paradine fand sie, als er die Volksschule schwänzte. An diesem Tag war eine Geographieprüfung angesagt, und Scott hielt es für sinnlos, die Namen von Orten auswendig zu lernen – 1942 war das eine ziemlich vernünftige Theorie. Und außerdem war es einer dieser warmen Frühlingstage mit einem Hauch von Frische in der Luft, die jeden Jungen dazu einluden, sich ins Feld zu legen und die vorübertreibenden Wolken anzustarren, bis er einschlief. Zum Teufel mit der Geographie! Scott döste vor sich hin.

Etwa um die Mittagsstunde wurde er hungrig, und seine stämmigen Beine trugen ihn zum nächsten Geschäft. Dort investierte er seine kargen Geldreserven mit knausriger Sorgfalt und einer stolzen Mißachtung seiner Magensäfte. Er ging zum Bach hinunter, um zu essen.

Nachdem der Vorrat an Käse, Schokolade und Kuchen erschöpft und die Limonadenflasche bis auf den Grund geleert war, fing Scott Kaulquappen und studierte sie mit geradezu wissenschaftlicher Neugier. Er blieb nicht lange bei dieser Tätigkeit. Irgend etwas purzelte die Uferböschung hinunter und plumpste in den schlammigen Boden nahe dem Wasser. Scott blickte sich vorsichtig um und beeilte sich nachzuschauen.

Es war ein Behälter. Es war in der Tat *der* Behälter. Die Vorrichtungen, die an ihm angebracht waren, sagten Scott wenig, obwohl er sich darüber wunderte, daß sie so verbrannt und verformt waren. Er dachte nach. Seine Zunge schaute aus dem Mundwinkel, während Scott sich mit seinem Taschenmesser an dem Ding zu schaffen machte. Niemand war in der Nähe. Wo war der Behälter hergekommen? Jemand mußte ihn hier liegengelassen haben, und rutschendes Erdreich hatte ihn von dem unsicheren Platz mitgerissen.

»Das ist eine Spirale«, entschied Scott, aber er irrte. Der Behälter war zwar spiralförmig, aber wegen der Verdrehung im Innern war es keine Spirale. Wäre das Ding ein Modellflugzeug gewesen, ganz gleich wie kompliziert, hätte es Scott keinerlei Rätsel aufgegeben. Aber so, wie es aussah, war es für ihn ein Problem. Irgend etwas sagte Scott, daß das Gerät viel komplizierter war als der Explosionsmotor, den er am Freitag mit geschickten Fingern auseinandergenommen hatte.

Aber kein Junge hat jemals eine Schachtel ungeöffnet gelassen, es sei denn, man hätte ihn mit Gewalt fortgezogen. Scott versuchte es tiefer. Die Winkel an dem Ding waren merkwürdig. Kurzschluß vermutlich. Deshalb . . . uuih! Das Messer rutschte ab. Scott lutschte an seinem Daumen und fluchte wie ein Müllkutscher.

Vielleicht war es eine Musikbox.

Scott hatte keinen Grund, sich zu ärgern. Die technischen Vorrichtungen hätten Einstein Kopfschmerzen verursacht und Steinmetz zum Wahnsinn getrieben. Die Schwierigkeit bestand natürlich darin, daß der Behälter noch nicht völlig in das Raum-Zeit-Kontinuum eingetreten war, in dem Scott lebte. Darum konnte er nicht geöffnet werden. Jedenfalls nicht, bis Scott einen geeigneten Felsbrocken benutzte, um die spiralförmige Un-Spirale in eine günstigere Position zu hämmern.

Er hämmerte sie tatsächlich von ihrer Kontaktstelle mit der vierten Dimension fort und beseitigte dadurch die Raum-Zeit-Krümmung, die bis dahin bestanden hatte. Ein sprödes Schnappen war zu hören. Der Behälter quietschte leise, lag dann bewegungslos, nun nicht mehr nur teilweise existierend. Scott öffnete ihn jetzt mühelos.

Der weiche, gewebte Helm war der erste Gegenstand, der seinen Blick auf sich zog, aber er legte ihn ohne großes Interesse beiseite. Es war nur eine Kappe. Als nächstes holte er einen eckigen, durchscheinenden Kristallblock heraus, klein genug, um ihn mit der Handfläche zu bedecken; viel zu klein, um die technischen Vorrichtungen einer Maschine zu enthalten. Scott hatte dieses Problem augenblicklich gelöst. Der Kristall war ein Art Vergrößerungsglas, das die Dinge innerhalb des Blocks riesig erscheinen ließ. Es waren sehr seltsame Dinge. Miniaturmenschen, zum Beispiel . . .

Sie bewegten sich. Wie Uhrwerkautomaten, aber viel geschmeidiger. Es war so, als sehe man bei einem Theaterstück zu. Scott fand zwar ihre Kostüme recht interessant, aber die Handlung faszinierte ihn. Die winzigen Leute bauten geschickt ein Haus auf. Scott wünschte, es würde in Brand geraten; dann könnte er die Leute beim Löschen beobachten.

Flammen leckten an dem halbfertigen Bauwerk. Die Automatenpuppen löschten das Feuer.

Scott brauchte nicht lange, um das zu begreifen. Aber er war ein wenig besorgt. Die Männlein folgten seinen Gedanken. Als er das entdeckte, erschrak er und warf den Würfel weg.

Während er die Böschung hinaufkraxelte, dachte er noch einmal darüber nach und kehrte zurück. Der Kristallblock lag halb im Wasser und glänzte in der Sonne. Er war ein Spielzeug; Scott fühlte das mit dem unbeirrbaren Instinkt eines Kindes. Aber er hob ihn nicht sofort auf. Statt dessen ging er zu dem Behälter zurück und untersuchte den restlichen Inhalt.

Er fand einige wirklich bemerkenswerte Geräte. Der Nachmittag ging viel zu schnell vorüber. Schließlich packte Scott die Spielsachen in den Behälter zurück und schleppte ihn stöhnend und keuchend nach Hause. Sein Gesicht war rot angelaufen, als er die Küchentür erreichte.

Er versteckte seinen Fund hinter einem Schrank in seinem Zimmer. Den Kristallwürfel steckte er in seine Tasche, die von den vielen anderen Dingen schon ausgebeult war: Kordel, eine Drahtrolle, zwei Pennies, ein Klumpen Silberpapier, eine verschmutzte Feldpostmarke und ein Brocken Feldspat. Emma,

Scotts zwei Jahre alte Schwester, wackelte auf unsicheren Beinen in den Flur und begrüßte ihn.

»Hallo, Schnecke«, nickte Scott von der Größe seiner sieben Jahre und einiger Monate herab. Er bemutterte Emma schrecklich, aber sie bemerkte es gar nicht. Klein, rundlich, mit großen Augen, plumpste sie auf den Teppich und starrte traurig auf ihre Schuhe.

»Bind zu, bitte, Scotty, ja?«

»Kamel«, sagte Scott freundlich, aber er band ihre Schnürsenkel zu. »Abendessen schon fertig?«

Emma nickte.

»Zeig mir deine Hände!« Wie durch ein Wunder waren sie einigermaßen sauber, wenn auch wahrscheinlich nicht keimfrei. Scott betrachtete seine eigenen Pfoten nachdenklich und ging Grimassen schneidend ins Badezimmer, wo er sich flüchtig wusch. Die Kaulquappen hatten Spuren hinterlassen.

Dennis Paradine und seine Frau Jane nahmen unten im Wohnraum einen Cocktail vor dem Abendessen.

Er war ein Mann mittleren Alters mit graumeliertem Haar und hagerem Gesicht; er lehrte Philosophie an der Universität. Jane war klein, zierlich, dunkelhaarig und sehr hübsch. Sie schlürfte ihren Martini und sagte:

»Neue Schuhe, gefallen sie dir?«

»Das hier ist verbrecherisch«, murmelte Paradine abwesend. »Mhmm? Schuhe? Nicht jetzt. Warte, bis ich damit fertig bin. Ich hatte einen schlimmen Tag.«

»Examensprüfungen?«

»Ja. Heiß entbrannte Jugend, die sich auf die Menschheit stürzen will. Ich hoffe, sie sterben. In furchtbarem Todeskampf. Insh' Allah!«

»Ich möchte die Olive«, bat Jane.

»Ich weiß«, sagte Paradine kläglich. »Seit Jahren habe ich keine mehr geschmeckt. In einem Martini, meine ich. Selbst wenn ich sechs in dein Glas fülle, wirst du nicht zufrieden damit sein.«

»Ich will deine. Blutsbrüderschaft. Symbolismus. Deshalb.«

Paradine beobachtete seine Frau unheilvoll und schlug seine langen Beine übereinander: »Das hört sich an, als wärst du einer meiner Studenten.«

»Wie diese vorwitzige Betty Dawson vielleicht?« Jane machte Krallen. »Schaut sie dich immer noch so lüstern an?«

»Das tut sie. Das Kind ist ein hübsches psychologisches Problem. Zum Glück aber nicht meins. Wenn sie es wäre . . .« Paradine nickte bedeutungsvoll. »Sex-Bewußtsein und zu viele Filme. Ich nehme an, sie glaubt immer noch, sie käme durch die Prüfung, indem sie mir ihre Knie zeigt. Die sind übrigens ziemlich knochig.«

Jane rückte ihren Rock mit selbstzufriedenem Stolz zurecht. Paradine schälte sich aus dem Sessel und goß neue Martinis ein. »Ganz ehrlich, ich sehe keinen Sinn darin, diesen Affen Philosophie beizubringen. Sie haben alle das falsche Alter. Ihre Verhaltensmuster, ihre Denkmethoden sind schon festgefahren. Sie sind fürchterlich konservativ, würden es aber nie zugeben. Die einzigen Menschen, die Philosophie verstehen können, sind reife Erwachsene oder Kinder wie Emma und Scotty.«

»Schreib Scotty aber nicht in dein Seminar ein«, bat Jane. »Er ist noch nicht weit genug für einen Doktor der Philosophie. Ich halte nichts von genialen Kindern, vor allem nicht, wenn es sich um meinen Sohn handelt.«

»Scotty würde wahrscheinlich besser sein als Betty Dawson«, schnaufte Paradine.

»›Er starb als geschwächter, alter, kindischer Greis im Alter von fünf Jahren‹«, zitierte Jane verträumt. »Ich will deine Olive haben.«

»Hier. Übrigens, mir gefallen die Schuhe.«

»Danke. Da kommt Rosalie. Abendessen?«

»Es ist alles vorbereitet, Gnä' Frau«, sagte Rosalie mit flatternder Stimme. »Ich werde Fräulein Emma und Herrn Scotty rufen.«

»Ich hole sie.« Paradine steckte den Kopf durch die nächste Tür und brüllte: »Kinder! Kommt rein!«

Kleine Füße polterten die Stufen herunter. Scott stürmte ins Blickfeld, geschrubbt und glänzend, eine widerspenstige Haarsträhne zeigte steil nach oben. Emma folgte, sie stieg vorsichtig die Stufen hinab. In der Mitte der Treppe gab sie die Bemühung auf, aufrecht hinunterzugehen. Sie drehte sich herum und legte den Rest des Wegs wie ein Affe zurück. Ihr schmaler Rücken gab einen Eindruck davon, mit welcher Sorgfalt ihre Hände zu Werke gingen. Paradine beobachtete dieses Schauspiel fasziniert, bis er von seinem Sohn mit einem Stoß zurückgeworfen wurde.

»Hallo, Vati!« schrie Scott.

Paradine konnte sich im letzten Moment halten und sah Scott würdevoll an: »Selber hallo. Hilf mir, zum Tisch zu gehen. Du hast mindestens eins meiner Hüftgelenke ausgerenkt.«

Aber Scott sauste schon ins nächste Zimmer, wo er auf Janes neue Schuhe trat, eine Entschuldigung hervorsprudelte, und dann zu seinem Platz am Eßtisch rannte. Paradine zog eine Augenbraue hoch, als er hinterherging, während Emmas Patschhändchen verzweifelt seinen Zeigefinger festhielten.

»Ich frage mich, was mit dem kleinen Teufel los ist.«

»Nichts Gutes, wahrscheinlich«, seufzte Jane. »Hallo, Liebling, zeig deine Ohren.«

»Sie sind *sauber*. Mickey hat sie abgeleckt.«

»Na ja, die Zunge dieses Airdale-Terriers ist weit sauberer als es deine Ohren sind«, dachte Jane laut, während sie die Ohren kurz prüfte. »Jedenfalls ist der Dreck nur oberflächlich, solange du hören kannst.«

»Fläschisch?«

»Nur ein bißchen, heißt das.« Jane zog ihre Tochter zum Tisch und rückte ihre Beine auf einem hohen Stuhl zurecht. Erst seit kurzem genoß Emma den Vorzug, gemeinsam mit der übrigen Familie zu essen. Dadurch, so pflegte Paradine zu bemerken, wurde sie vom Stolz aufgefressen. Nur Babys spuckten ihr Essen aus, hatte man Emma erzählt. Als Folge davon bemühte sie sich mit so großer Gewissenhaftigkeit, ihren Löffel zum Mund zu führen, daß Paradine jedesmal kribbelig wurde, wenn er sie beobachtete.

»Ein Förderband wäre genau das richtige für Emma«, schlug er vor, während er einen Stuhl für Jane heranzog. »Kleine Eimer mit Spinat, die in regelmäßigen Abständen vor ihrem Gesicht landen.«

Das Abendessen ging ereignislos vonstatten, bis Paradine zufällig einen Blick auf Scotts Teller warf. »Hee, du. Krank? Beim Mittagessen zu vollgestopft?«

Scott untersuchte nachdenklich das Essen, das noch vor ihm stand. »Ich habe alles gegessen, was ich brauchte«, erklärte er.

»Gewöhnlich ißt du soviel du nur eben kannst, und sogar

eine ganze Menge mehr«, sagte Paradine. »Ich weiß, daß heranwachsende Knaben täglich Tonnen von Essen brauchen, aber du liegst heute abend darunter. Fühlst du dich okay?«

»Mhmm. Ehrlich, ich habe alles, was ich brauche.«

»Auch alles, was du *willst*?«

»Sicher. Ich esse anders.«

»Haben sie dir das in der Schule beigebracht?« wollte Jane wissen.

Scott schüttelte ernst den Kopf.

»Das hat mir niemand beigebracht. Ich habe es selbst rausgefunden. Ich benutze Spucke.«

»Versuch's noch mal«, schlug Paradine vor. »Das war das falsche Wort.«

»Hm . . . S-Speichel, Mmm?«

»Mhmm. Mehr Säure? Ist im Speichel mehr Säure, Jane. Ich erinnere mich nicht.«

»In meinem ist Gift«, bemerkte Jane. »Rosalie hat wieder Klumpen im Kartoffelpürree gelassen.«

Aber Paradines Interesse war geweckt. »Du meinst, du holst alles aus deinem Essen heraus – nichts wird verschwendet – und ißt dann weniger?«

Scott dachte darüber nach. »Ich glaube schon. Es ist nicht nur Spu . . . Speichel. Irgendwie messe ich ab, wieviel ich auf einmal in den Mund nehme, und womit ich es dann mischen muß. Weiß nicht. Ich tu' es halt.«

»Hmmm«, sagte Paradine und machte sich eine Notiz, um es später genauer zu prüfen. »Eine ziemlich revolutionäre Idee.« Kinder hatten oft verrückte Einfälle, aber dieser schien gar nicht so dumm zu sein. Er schürzte die Lippen. »Irgendwann, so nehme ich an, essen die Menschen ganz anders. Ich meine ihre *Art* zu essen, ebenso wie was. Was sie essen, meine ich. Jane, unser Sohn zeigt Anzeichen dafür, daß er ein Genie wird.«

»Was?«

»Ernährungswissenschaftlich hat er gerade eine gute Sache gebracht. Hast du dir das selbst ausgedacht, Scott?«

»Sicher«, sagte der Junge, und er glaubte es auch.

»Wie kamst du auf die Idee?«

»Oh, ich . . .« Scott wand sich. »Ich weiß nicht. Sie bedeutet wohl nicht viel, glaube ich.«

Paradine war übertrieben enttäuscht. »Aber sicher . . .«

»S-s-s-spucke!« kreischte Emma in einem plötzlichen Anfall von Unartigkeit. »Spucke!« Sie versuchte, es vorzuführen, aber das endete damit, daß sie ins Lätzchen sabberte.

Mit einem Ausdruck von Resignation half Jane ihrer Tochter und tadelte sie zugleich, während Paradine mit ziemlich verblüfftem Interesse zusah. Aber erst nach dem Abendessen, im Wohnzimmer, geschah wieder etwas.

»Irgendwelche Hausaufgaben?«

»N-Nein«, sagte Scott und errötete schuldbewußt. Um seine Verlegenheit zu verbergen, holte er ein Gerät, das er in dem Behälter gefunden hatte, aus der Tasche und begann es aufzuklappen. Das Ergebnis ähnelte einem Tesserakt, der mit Kugeln behangen war. Paradine sah ihn zuerst nicht, aber Emma bemerkte ihn. Sie wollte damit spielen.

»Nein. Leg das hin, Schnecke«, befahl Scott. »Paß auf, was ich damit mache.« Er betastete die Kugeln und erzeugte weiche, Aufmerksamkeit erregende Töne. Emma streckte einen dicken Zeigefinger aus und jauchzte.

»Scotty«, sagte Paradine warnend.

»Ich habe ihr nicht weh getan.«

»Doch, hast du«, maulte Emma.

Paradine schaute auf. Er runzelte die Stirn. Was, zum Teufel . . . »Ist das ein Abakus?« fragte er. »Zeig es mir, bitte.«

Widerstrebend brachte Scott das Gerät seinem Vater. Paradine blinzelte. Ausgeklappt maß der ›Abakus‹ fast einen Quadratmeter. Er bestand aus dünnen festen Drähten, die an einigen Stellen miteinander verknüpft waren. Auf die Drähte waren die farbigen Perlen geknüpft. Man konnte sie hin und her bewegen, von einer Stütze zur anderen, selbst über die Verbindungspunkte. Aber . . . eine durchbohrte Kugel konnte nicht über die Knotenpunkte der Drähte gleiten . . .

Offenbar waren sie also nicht durchbohrt. Paradine schaute näher hin. Jede der kleinen Kugeln hatte ringsherum eine tiefe Rille; so konnten sie sich gleichzeitig um die Drähte drehen und auf ihnen auf- und abgleiten. Paradine versuchte eine abzuziehen. Sie blieb wie an einem Magneten haften. Eisen? Sie sah eher wie Kunststoff aus.

Der Rahmen selbst – Paradine war kein Mathematiker. Aber

die Winkel, die die Drähte bildeten, waren fast erschreckend; geradezu lachhaft, wie sie der Euklidischen Logik entbehrten. Sie waren ein Irrgarten. Vielleicht war dieses Gerät . . . ein Geduldspiel.

»Wo hast du das her?«

»Onkel Harry gab es mir«, sagte Scott, ohne zu überlegen. »Letzten Sonntag, als er hier war.« Onkel Harry war nicht in der Stadt, eine Tatsache, der Scott sich sehr wohl bewußt war. Im Alter von sieben Jahren lernt ein Junge schnell, daß die Launen der Erwachsenen bestimmten Mustern folgen und daß sie mit Geschenkgebern sehr heikel sind. Vor allem würde Onkel Harry erst in einigen Wochen zurückkehren. Das Ende dieses Zeitraums war für Scott unvorstellbar. Oder zumindest bedeutete ihm die Tatsache, daß seine Lüge schließlich aufgedeckt würde, weniger als die Vorteile, die er hätte, wenn er das Spielzeug behalten durfte.

Paradine stellte fest, daß er immer verwirrter wurde, als er versuchte, die Kugeln zu bewegen. Die Winkel waren irgendwie unlogisch. Es war wie ein Puzzle. Diese rote Kugel: wenn sie auf *diesem* Draht zu *jener* Kreuzung glitt, müßte sie *dort* landen – aber sie tat es nicht. Ein Labyrinth, merkwürdig, aber ohne Zweifel lehrreich. Paradine hatte das wohlbegründete Gefühl, daß er selbst für dieses Ding nicht genug Geduld aufbringen könnte.

Scott jedoch konnte es, als er sich in eine Ecke zurückzog und fummelnd und seufzend die Kugeln gleiten ließ. Die Kugeln teilten tatsächlich einen leichten Schock aus, wenn Scott die falschen wählte oder sie in die falsche Richtung bewegte. Schließlich jubelte er triumphierend:

»Ich hab's geschafft, Vati!«

»Hee? Was? Zeig mal!« Das Gerät sah für Paradine genau wie vorher aus, aber Scott zeigte mit dem Finger darauf und strahlte.

»Ich hab' sie verschwinden lassen.«

»Es ist doch noch da.«

»Die blaue Kugel. Sie ist jetzt weg.«

Paradine konnte das nicht glauben, also schnaufte er nur. Scott brachte den Rahmen wieder durcheinander. Er experimentierte. Jetzt gab es nicht den kleinsten Schock mehr. Der ›Abakus‹ hatte ihm die richtige Methode gezeigt. Nun lag es an ihm, selbst weiterzumachen. Irgendwie schienen die bizarren Winkel der Drähte jetzt weniger verwirrend zu sein.

Es war ein sehr lehrreiches Spielzeug.

Es funktionierte ähnlich wie der Kristallwürfel, überlegte Scott. Als er sich daran erinnerte, holte er das Gerät aus der Tasche und überließ Emma den ›Abakus‹, die vor Freude sprachlos war. Sie machte sich an die Arbeit und ließ die Kugeln gleiten, diesmal ohne Protest gegen die Schocks, die wirklich nur minimal waren. Da sie gut nachmachen konnte, schaffte sie es fast so schnell wie Scott, eine Kugel verschwinden zu lassen. Die blaue Perle tauchte wieder auf – aber Scott bemerkte es nicht. Er hatte sich vorsorglich hinter einem überladenen Stuhl in eine Sofaecke zurückgezogen und vergnügte sich nun mit dem Würfel.

Kleine Leute waren in dem Ding, winzige Männlein, die durch die Vergrößerungskraft des Kristalls wuchsen, und sie bewegten sich. Sie bauten ein Haus. Es fing Feuer mit ganz natürlichen Flammen, und sie standen abwartend daneben. Scott keuchte drängend: »Macht es aus!«

Aber nichts geschah. Wo war dieser merkwürdige Feuerwehrwagen mit den rotierenden Armen, der vorhin aufgetaucht war? Da war er. Er kam ins Bild gerauscht und bremste. Scott trieb ihn an.

Das war ein Spaß. Wie eine Theateraufführung, nur realistischer. Die kleinen Leute taten alles, was Scott ihnen – im Innern seines Kopfes – sagte. Wenn er einen Fehler machte, warteten sie, bis er den richtigen Weg fand. Sie stellten ihm sogar neue Probleme . . .

Auch der Würfel war ein äußerst lehrreiches Spielzeug. Er unterrichtete Scott mit beunruhigender Rasanz – und er unterrichtete ihn sehr unterhaltsam. Aber er vermittelte ihm nicht wirklich neues Wissen. Er war noch nicht bereit dazu. Später . . . später . . .

Emma wurde des ›Abakus'‹ überdrüssig und machte sich auf die Suche nach Scott. Sie konnte ihn nicht finden, auch nicht in seinem Zimmer; aber als sie schon einmal da war, wurde ihre Neugierde vom Inhalt seines Schrankes geweckt. Sie entdeckte den Behälter. Er enthielt einen kostbaren Schatz – eine Puppe, die Scott schon bemerkt, aber dann verächtlich beiseite gelegt hatte. Sie quietschte. Emma nahm die Puppe mit nach unten, hockte sich auf den Boden und begann sie auseinanderzunehmen.

»Liebling, was ist das?«

»Onkel Bär.«

Ganz offensichtlich war es nicht Onkel Bär; der war blind, ohne Ohren, doch gemütlich in seiner rundlichen Weichheit. Aber für Emma hießen alle Puppen Onkel Bär.

Jane Paradine zögerte: »Hast du sie einem anderen kleinen Mädchen weggenommen?«

»Hab' ich nicht. Sie ist meine.«

Scott kam aus seinem Versteck hervor und steckte den Würfel in die Tasche. »Das ist von Onkel Harry.«

»Hat Onkel Harry dir das gegeben, Emma?«

»Er hat es mir für Emma gegeben«, warf Scott eilig ein und setzte damit einen weiteren Stein in seine Lügenkonstruktion. »Letzten Sonntag.«

»Du machst sie kaputt, Liebes.«

Emma brachte die Puppe zu ihrer Mutter. »Sie geht auseinander, siehst du?«

»Oh? Sie . . . huch!« Jane zog die Luft ein. Paradine blickte schnell auf.

»Was ist los?«

Sie brachte ihm die Puppe, zögerte und ging dann ins Eßzimmer, wobei sie Paradine einen bedeutungsvollen Blick zuwarf. Er folgte ihr und schloß die Tür. Jane hatte die Puppe bereits auf den abgeräumten Tisch gelegt.

»Das ist nicht sehr schön, nicht wahr, Denny?«

»Hmm.« Auf den ersten Blick war es sehr unerfreulich. Eine anatomische Puppe hätte man in einer Medizin-Hochschule erwartet, aber eine Kinderpuppe . . .

Das Ding zerfiel in Einzelteile, Haut, Muskeln, Organe; alle im Kleinformat, aber ziemlich perfekt, soweit Paradine sehen konnte. Sein Interesse erwachte. »Weiß nicht. Für ein Kind haben diese Dinge nicht die gleiche Bedeutung . . .«

»Sieh dir die Leber an. Ist es eine Leber?«

»Sicher. Sag mal, ich . . . Ist das nicht seltsam?«

»Was?«

»Sie ist auf jeden Fall anatomisch nicht vollkommen.« Paradine zog einen Stuhl heran. »Der Verdauungstrakt ist zu kurz. Kein Dickdarm. Und auch kein Blinddarm.«

»Sollte Emma so etwas haben?«

»Ich hätte nichts dagegen, selbst so etwas zu haben«, sagte Paradine. »Wo, um alles in der Welt, hat Harry das aufgetrieben? Nein, ich glaube nicht, daß es irgendwie schädlich ist. Erwachsene sind so erzogen, daß sie auf Eingeweide angewidert reagieren. Kinder nicht. Sie stellen sich vor, daß sie innen fest wie eine Kartoffel sind. Emma kann durch diese Puppe eine Menge über Physiologie lernen.«

»Aber was ist das da? Nervenstränge?«

»Nein, das sind keine Nerven. Hier die Arterien; dort die Venen. Eine merkwürdige Aorta . . .« Paradine stutzte. »Das . . . Was ist das lateinische Wort für Netzwerk? Egal . . . *Rita*? *Rata*?«

»*Rales*«, schlug Jane aufs Geratewohl vor.

»Das hat was mit der Atmung zu tun«, sagte Paradine gepreßt. »Ich kann nicht begreifen, was dieses aufleuchtende Netzwerk sein soll. Es erstreckt sich über den ganzen Körper, wie ein Nervensystem.«

»Blut.«

»Unsinn. Kein Kreislauf, kein Nervensystem . . . Komisch! Es scheint mit den Lungen verbunden zu sein.«

Sie beschäftigten sich intensiver mit der seltsamen Puppe. Sie war mit bemerkenswerter Detailgenauigkeit gebaut; und das wiederum war im Hinblick auf die physiologischen Abweichungen seltsam. »Warte, ich hole das medizinische Handlexikon«, sagte Paradine, und schon verglich er die Puppe mit den anatomischen Faltblättern. Er erfuhr wenig daraus, doch seine Verblüffung nahm noch zu.

Aber es war unterhaltsamer als ein Puzzlespiel.

In der Zwischenzeit schob Emma im Nebenraum die Kugeln in dem ›Abakus‹ hin und her. Die Bewegungen erschienen nun nicht mehr so eigenartig. Selbst, wenn die Perlen verschwanden. Sie konnte ihrer neuen Richtung fast folgen . . . fast . . .

Scott starrte herzklopfend in den Kristallwürfel und gab Gedanken-Befehle; beim Errichten einer Konstruktion, die weit komplizierter war als die, die eben vom Feuer zerstört worden war, machte er viele falsche Ansätze. Auch er lernte . . . wurde konditioniert . . .

Wenn man es rein anthropomorphisch sah, machte Paradine den Fehler, die Spielsachen nicht augenblicklich loszuwerden. Er erkannte ihre Bedeutung nicht; und als er es schließlich tat, waren die Ereignisse schon zu weit fortgeschritten. Onkel Harry war nicht da, also konnte Paradine mit ihm nichts abklären. Außerdem liefen gerade die Zwischenprüfungen, und das hieß: große geistige Anstrengung und völlige Erschöpfung am Abend; und Jane kränkelte eine gute Woche lang. Emma und Scott hatten mit den Spielzeugen freie Hand.

»Was ist«, fragte Scott eines Abends seinen Vater, »was ist ein Gemank, Vati?«

»Gemenge?«

Er zögerte. »Ich . . . ich glaube nicht. Ist Gemank nicht richtig?«

»Meinst du Manko?«

»Ich wüßte nicht«, murmelte Scott und machte sich stirnrunzelnd davon, um sich mit seinem ›Abakus‹ zu vergnügen. Er konnte ihn jetzt schon ziemlich geschickt handhaben. Aber mit dem Instinkt von Kindern, die Unterbrechungen vermeiden wollen, pflegten er und Emma nur für sich allein mit den Spielsachen zu spielen. Das war natürlich nicht offensichtlich – aber verzwicktere Experimente wurden nie unter den Augen eines Erwachsenen durchgeführt.

Scott lernte schnell. Was er jetzt in dem Kristallwürfel sah, hatte kaum noch Beziehung zu den anfänglichen simplen Problemen. Sie waren von faszinierend technischer Natur. Hätte Scott geahnt, daß seine Ausbildung – wenn auch nur mechanisch – angeleitet und überwacht wurde, hätte er wahrscheinlich das Interesse verloren. So wie es war, wurde seine Initiative nie unterdrückt.

›Abakus‹, Würfel, Puppe – und andere Spielsachen, die die Kinder in dem Behälter fanden . . .

Weder Paradine noch Jane ahnten, welch große Wirkung die Inhalte der Zeitmaschine auf die Kinder hatten. Wie konnten sie auch? Kinder dramatisierten instinktiv, schon aus Gründen des Selbstschutzes. Sie haben sich noch nicht an die Notwendigkeiten – die ihnen zum Teil unerklärlich sind – einer reifen Welt angepaßt. Von dem einen wird ihnen gesagt, daß sie im Dreck spielen, aber beim Graben keine Blumen oder Bäumchen ausreißen dürften. Ein anderer Erwachsener verbietet den Dreck *per se.* Die Zehn Gebote sind nicht in Stein gemeißelt; sie variieren, und Kinder hängen hilflos von den Launen derer ab, die sie zur Welt bringen, sie ernähren und kleiden. Und tyrannisieren. Die jungen Tiere widersetzen sich dieser wohltätigen Tyrannei nicht, denn für sie ist sie ein wesentlicher Bestandteil der Natur. Sie sind jedoch Idividualisten und erhalten ihre Integrität in einem subtilen, passiven Kampf.

Unter den Augen eines erwachsenen Tieres ändern sie sich. Wie Schauspieler auf der Bühne geben sie sich Mühe, zu gefallen und gleichzeitig die Aufmerksamkeit auf sich zu ziehen.

Es ist schwer zuzugestehen, daß Kindern die Subtilität fehlt. Kinder unterscheiden sich vom heranwachsenden Tier, weil sie auf andere Art denken. Wir können mehr oder weniger leicht ihre Verstellungsversuche durchschauen – aber sie auch die unseren. Kinder können die Heuchelei eines Erwachsenen erbarmungslos entlarven. Bilderstürmerei ist ihr Vorrecht.

Stutzertum, zum Beispiel. Die Höflichkeiten des gesellschaftlichen Miteinander, fast bis zum Absurden übertrieben. Der Gigolo . . .

»Welche Lebensart! Was für ein gutes Benehmen!« Die Matrone und das blonde junge Ding sind häufig beeindruckt. Männer haben weniger angenehme Kommentare auf der Zunge. Aber das Kind geht an die Wurzel der Sache.

»Du bist *blöde*!«

Wie kann ein ungereifter Mensch das komplizierte System sozialer Beziehungen verstehen? Für ihn ist die Überspitzung natürlicher Höflichkeit blöde. Sie ist in der funktionalen Struktur seines Rasters vom Leben reinstes Rokoko. Er ist ein egoistisches kleines Tier, das sich nicht in die Lage eines anderen versetzen kann – jedenfalls nicht in die eines Erwachsenen. Eine verschlossene, fast vollständige natürliche Einheit, in der die Wünsche von den anderen erfüllt werden: Das Kind hat viel von einem einzelligen Geschöpf, das im Blutstrom treibt; Nahrung wird zu ihm herangetragen, die Abfallprodukte werden weggeschwemmt . . .

Vom Standpunkt der Logik aus ist ein Kind geradezu erschreckend vollkommen. Ein Säugling kann sogar noch vollkommener sein; aber er ist für einen Erwachsenen so fremd, daß nur Schein-Vergleichsmaßstäbe Anwendung finden. Die Gedankengänge eines Kleinkinds sind völlig unvorstellbar. Aber

Babys denken, selbst vor der Geburt. Im Leib der Mutter bewegen sie sich und schlafen sie nicht allein durch den Instinkt. Wir sind darauf gedrillt, auf den Gedanken, daß ein beinahe lebensfähiger Embryo denken könnte, ziemlich eigenartig zu reagieren. Wir sind überrascht, geschockt und abgestoßen.

Nichts Menschliches ist fremd. Aber ein Baby ist nicht menschlich. Ein Embryo ist weit weniger als menschlich.

Vielleicht kam es daher, daß Emma mehr als Scott von den Spielsachen lernte. Er konnte natürlich seine Gedanken vermitteln; Emma konnte es nicht, abgesehen von einigen verborgenen Bruchstücken. Zum Beispiel die Sache mit dem Gekritzel . . .

Gebt einem kleinen Kind Papier und Bleistift: es wird etwas zeichnen, das für es selbst anders als für einen Erwachsenen aussieht. Die unsinnigen Stricheleien haben wenig Ähnlichkeit mit einem Feuerwehrwagen; aber es ist tatsächlich ein Feuerwehrwagen. Vielleicht ist er sogar dreidimensional. Babys denken anders, und sie sehen anders.

Darüber brütete Paradine, als er eines Abends die Zeitung las und beobachtete, wie sich Emma und Scott verständigten. Scott stellte seiner Schwester Fragen. Manchmal fragte er in Englisch. Manchmal mußte er einen Kauderwelsch und Zeichensprache zu Hilfe nehmen. Emma versuchte zu antworten, aber die Hindernisse waren zu groß.

Schließlich holte Scott Papier und Bleistift. Emma mochte das. Mit herausgestreckter Zunge schrieb sie mühsam eine Botschaft auf. Scott nahm das Papier, betrachtete es sorgfältig und runzelte die Stirn.

»Das ist nicht richtig, Emma«, sagte er.

Emma nickte energisch. Sie ergriff wieder den Bleistift und malte noch mehr Kritzel. Scott knobelte einige Zeit daran herum, lächelte schließlich zögernd und stand auf. Er verschwand in der Diele. Emma wandte sich wieder dem ›Abakus‹ zu.

Paradine stand auf und sah sich das Papier an. Er hatte den verrückten Einfall, daß Emma urplötzlich Schreiben gelernt hatte. Aber sie hatte es nicht. Das Papier war mit sinnlosen Kritzeleien in der Art, wie sie allen Eltern vertraut sind, bedeckt. Paradin schürzte die Lippen.

Es könnte sich um ein Diagramm handeln, das die geistigen Abweichungen einer manisch-depressiven Küchenschabe zeigte, aber das war es wahrscheinlich nicht. Dennoch hatte es für Emma zweifellos eine Bedeutung. Vielleicht stellte das Gekritzel Onkel Bär dar.

Scott kam zurück, er sah vergnügt aus. Er begegnete Emmas Blick und nickte. Paradine wurde plötzlich neugierig.

»Geheimnisse?«

»Ach was. Emma . . . mmm . . . bat mich, etwas für sie zu erledigen.«

»Oh.« Paradine erinnerte sich an die Beispiele von Kleinkindern, die in unbekannten Sprachen brabbelten und die Linguisten verblüfften. Er nahm sich vor, das Papier an sich zu nehmen, wenn die Kinder fertig waren. Am nächsten Tag zeigte er in der Universität Elkins das Gekritzel. Elkins hatte den Ruf, viele verschiedene Sprachen zu beherrschen, aber er lachte über Emmas Ausflug in die Literatur.

»Hier ist eine freie Übersetzung, Dennis: Anführung. Ich weiß nicht, was es bedeutet, aber ich werde meinen Vater damit teuflisch reinlegen. Abführung.«

Die beiden Männer lachten und gingen zu ihren Klassen. Aber Paradine sollte sich später noch an den Zwischenfall erinnern. Besonders, nachdem er Holloway begegnete. Davor sollten aber noch Monate vergehen und die Situation sich noch weiter auf ihren Höhepunkt zu entwickeln.

Vielleicht hatten Paradine und Jane zuviel Interesse für das Spielzeug an den Tag gelegt. Emma und Scott gingen dazu über, es zu verstecken und nur noch ganz unter sich damit zu spielen. Sie taten das nicht offensichtlich, aber mit einer gewissen aufdringlichen Vorsicht. Besonders Jane war irgendwie beunruhigt.

Eines Abends sprach sie mit Paradine darüber. »Die Puppe, die Harry Emma gegeben hat.«

»Ja?«

»Ich war heute in der Stadt und versuchte herauszufinden, woher sie stammt. Nichts.«

»Vielleicht hat Harry sie in New York gekauft.«

Jane war nicht überzeugt. »Ich habe mich auch nach den anderen Sachen erkundigt. Sie zeigten mir ihr Lager – Johnsons Laden ist ziemlich groß, weißt du. Aber da gibt es nichts, was Emmas ›Abakus‹ ähnelt.«

»Hmm.« Paradine war nicht sehr interessiert. Sie hatten Eintrittskarten für eine Revue, und es war schon spät. Daher wurde das Thema für den Moment fallengelassen.

Später kam es wieder auf, als Jane mit einer Nachbarin telefonierte.

»Scotty ist nie so gewesen, Denny. Mrs. Burns erzählte mir, daß er Francis zu Tode erschreckt hat.«

»Francis? Ein kleiner fetter Frechdachs, nicht wahr? Wie sein Vater. Ich habe Burns mal das Nasenbein gebrochen, als wir noch Studenten waren.«

»Hör auf zu prahlen, und hör mir zu«, sagte Jane, während sie einen Whisky-Soda mixte. »Scott hat Francis etwas gezeigt, das ihm Angst einjagte. Solltest du nicht besser . . .«

»Ich glaube auch.« Paradine lauschte. Lärm im Zimmer nebenan sagte ihm, wo sein Sohn war. »Scotty!«

»Peng«, sagte Scott und erschien lächelnd. »Ich hab' sie alle umgelegt. Raumpiraten. Du hast gerufen, Vati?«

»Ja; wenn du nichts dagegen hast, die Raumpiraten einige Minuten unbegraben zu lassen. Was hast du mit Francis Burns angestellt?«

Scotts blaue Augen spiegelten geradezu unglaubliche Offenheit wider: »Hmm?«

»Denk genau nach. Du kannst dich erinnern, da bin ich sicher.«

»Ah, das. Ich hab' nix getan.«

»Nichts«, verbesserte Jane abwesend.

»Nichts. Ehrlich. Ich hab' ihn nur in meinen Fernsehapparat gucken lassen, und das . . . hat ihm Angst gemacht.«

»Fernsehapparat?«

Scott fingerte den Kristallwürfel heraus. »Kein richtiger. Siehst du?«

Paradine untersuchte das Gerät und war von dem Vergrößerungseffekt verblüfft. Alles, was er sehen konnte, war ein Labyrinth sinnloser Farbmuster.

»Onkel Harry . . .«

Paradine griff nach dem Telefonhörer. Scott schluckte. »Ist . . . ist Onkel Harry wieder zurück?«

»Ja.«

»Ich gehe in die Badewanne.« Scott ging zur Tür. Paradine sah Jane an und nickte bedeutungsvoll.

Harry war zu Hause, aber er stritt jede Kenntnis von den merkwürdigen Spielsachen ab. Grimmig forderte Paradine Scott auf, alle seine Spielsachen aus seinem Zimmer herunterzuholen. Schließlich lagen sie alle in einer Reihe auf dem Tisch: Würfel, ›Abakus‹, Puppe, die helmähnliche Kappe und einige andere rätselhafte Gegenstände. Scott wurde ins Kreuzverhör genommen. Eine Zeitlang log er tapfer, aber schließlich streckte er die Waffen und weinte; er schluchzte sein Geständnis hinaus.

»Hol den Behälter, in dem die Sachen waren«, befahl Paradine. »Dann ab ins Bett.«

»Wirst du mich . . . huch . . . bestrafen, Papa?«

»Fürs Schuleschwänzen und fürs Lügen, jawohl. Du kennst die Spielregeln. Zwei Wochen kein Fernsehen. Und ebenso lange keine Limonade.«

Scott schluckte. »Behältst du meine Sachen?«

»Ich weiß noch nicht.«

»Also gut . . . Nacht, Papa. Nacht, Mama.«

Nachdem der kleine Kerl die Treppe hinaufgegangen war, rückte Paradine einen Stuhl zum Tisch und untersuchte den Behälter eingehend. Nachdenklich kratzte er an den verbrannten Vorrichtungen. Jane sah aufmerksam zu.

»Was ist das, Denny?«

»Weiß nicht. Wer würde einen Behälter voll Spielzeug unten am Bach liegen lassen?«

»Er könnte aus einem Auto gefallen sein.«

»Nicht an dieser Stelle. Nördlich der Eisenbahnbrücke führt die Straße gar nicht am Bach vorbei. Nur leere Grundstücke – sonst nichts.« Paradine zündete sich eine Zigarette an. »Etwas zu trinken, Süßes?«

»Ich hole was.« Jane ging mit sorgenvollem Blick an die Arbeit. Sie brachte Paradine ein Glas, stellte sich hinter ihn und fuhr mit den Fingern durch sein Haar. »Stimmt etwas nicht?«

»Natürlich nicht. Nur . . . wo können diese Spielsachen herkommen?«

»Bei Johnsons wußten sie es nicht, und sie bekommen ihre Waren aus New York.«

»Ich habe mich auch erkundigt«, gab Paradine zu. »Diese Puppe . . .« – er ergriff sie – »bereitet mir Kopfzerbrechen. Vielleicht auf Bestellung hergestellt. Aber ich würde zu gern wissen, wer sie gemacht hat.«

»Ein Psychiater? Der ›Abakus‹ – benutzen sie solche Sachen nicht, um Leute zu testen?«

Paradine schnippte mit den Fingern. »Klar! Und stell dir vor: Nächste Woche kommt so ein Kerl namens Holloway zu einem Vortrag an die Universität, er ist Kinderpsychologe. Er ist eine ganz große Nummer, hat einen ziemlich guten Ruf. Vielleicht weiß er etwas darüber.«

»Holloway? Ich kann mich nicht . . .«

»Rex Holloway. Er ist . . . Hmmm! Er wohnt nicht weit von hier. Meinst du, er könnte diese Sachen selber hergestellt haben?«

Jane untersuchte den ›Abakus‹. Sie verzog das Gesicht und legte ihn zurück. »Wenn er es war, mag ich ihn nicht. Aber versuch mal, was du rausfinden kannst, Denny.«

Paradine nickte. »Das werde ich.«

Stirnrunzelnd trank er seinen Whisky. Er war irgendwie besorgt. Aber er hatte keine Angst – noch nicht.

Rex Holloway war ein fetter, öliger Mann. Er hatte eine Glatze und trug eine wuchtige Brille, über der die dicken, schwarzen Augenbrauen sich wie Raupen kringelten. Paradine brachte ihn eine Woche später eines Abends mit zum Essen. Holloway schien die Kinder gar nicht zu beachten, aber ihm entging nichts von dem, was sie taten und sprachen. Seine grauen, scharfen Augen registrierten fast alles.

Die Spielsachen faszinierten ihn. Im Wohnzimmer versammelten sich die drei Erwachsenen um den Tisch, auf dem das Spielzeug ausgebreitet war. Holloway studierte es gründlich, während er sich anhörte, was Jane und Paradine ihm erzählten. Schließlich brach er sein Schweigen.

»Ich bin froh, daß ich heute abend hierher gekommen bin. Aber nicht nur froh. Das ist ziemlich verwirrend, müssen sie wissen.«

»Hee?« Paradine starrte ihn an, und Janes Gesicht zeigte deutlich ihre Verblüffung. Die nächsten Worte Holloways waren nicht dazu angetan, sie zu beruhigen.

»Hier haben wir es mit Geisteskrankheit zu tun.«

Er lächelte über die schockierten Blicke, die ihn trafen.

»Aus dem Blickwinkel eines Erwachsenen sind alle Kinder verrückt. Haben sie schon einmal Hughes' *Sturm in Jamaica* gelesen?«

»Ich habe es hier.« Paradine holte das kleine Buch aus dem Regal. Holloway streckte die Hand aus, nahm das Buch und blätterte die Seiten durch, bis er die gewünschte Stelle gefunden hatte. Laut las er vor:

»Kleinkinder sind natürlich nicht menschlich – und sie besitzen eine sehr alte und sehr komplizierte Kultur; ähnlich wie sie Katzen haben, und Fische, und sogar Schlangen. In der Struktur ist sie die gleiche, aber viel komplizierter und lebhafter; denn Babys sind immerhin eine der am meisten entwickelten Arten der niederen Wirbeltiere. Kurz gesagt: Babys haben einen Verstand, der in eigenen Ausdrucksformen und Kategorien funktioniert, die nicht in die Ausdrucksformen und Kategorien des menschlichen Verstands übersetzt werden können.«

Jane versuchte, das ruhig hinzunehmen, konnte es aber nicht.

»Sie wollen doch nicht sagen, daß Emma . . .«

»Könnten Sie wie Ihre Tochter denken?« fragte Holloway. »Hören Sie zu: ›Man kann genausowenig wie ein Baby denken, wie man wie eine Biene denken kann‹.«

Paradine mixte die Drinks. Über die Schulter sagte er: »Sie theoretisieren da ein bißchen, nicht wahr? So wie ich es verstehe, wollen Sie sagen, daß Säuglinge eine eigene Kultur haben, ja sogar eine sehr hohe Intelligenz.«

»Nicht unbedingt. Sehen Sie, es gibt kein Zentimetermaß dafür. Ich sage nur, daß Babys anders denken als wir. Nicht unbedingt *besser* – das ist eine Frage der Wertmaßstäbe. Aber mit einer anderen Art der Ausdehnung . . .« Grimassen schneidend suchte er nach Worten.

»Fantasterei«, sagte Paradine ziemlich grob. Er war wegen Emma verärgert. »Babys haben keine anderen Sinne als wir sie haben.«

»Wer hat das behauptet?« fragte Holloway. »Sie benutzen ihren Verstand nur in unterschiedlicher Weise, das ist alles. Aber reicht das aus?«

»Ich versuche, das zu verstehen«, sagte Jane langsam. »Ich denke an meine Küchenmaschine. Ich kann damit Kartoffeln zerkleinern und stampfen, aber ich kann auch Orangen damit auspressen.«

»Etwas in dieser Richtung. Das Gehirn besteht aus vielen Bausteinen, es ist eine sehr komplizierte Maschine. Wir wissen wenig über seine potentiellen Fähigkeiten. Wir wissen nicht einmal, wieviel es aufnehmen kann. Aber es *ist* bekannt, daß der Verstand konditioniert wird, wenn das menschliche Tier heranreift. Er folgt verschiedenen vertrauten Schablonen, und alle Gedanken sind nachher auf Muster gegründet, die man als richtig angenommen hat. Sehen Sie das hier.« Holloway berührte den ›Abakus‹. »Haben Sie damit experimentiert?«

»Ein bißchen«, sagte Paradine.

»Aber nicht viel, wie?«

»Nun . . .«

»Warum nicht?«

»Es ist sinnlos«, klagte Paradine. »Selbst ein Geduldspiel muß irgendeine Logik haben. Aber diese verrückten Winkel . . .«

»Ihr Verstand ist euklidisch konditioniert«, sagte Holloway. »Also ermüdet uns dieses . . . Ding und scheint ohne Sinn. Aber ein Kind weiß nichts über Euklid. Eine Geometrie, die sich von der unseren unterscheidet, würde ihm nicht unlogisch vorkommen. Es glaubt, was es sieht.«

»Wollen Sie mir erzählen, daß dieses Gerät eine vierdimensionale Ausdehnung hat?« fragte Paradine.

»Auf jeden Fall keine erkennbare«, verneinte Holloway. »Ich will damit nur sagen, daß unser Verstand, euklidisch konditioniert wie er ist, darin nur ein unlogisches Wirrwarr von Drähten sieht. Aber ein Kind, vor allem ein Säugling, könnte mehr sehen. Nicht sofort. Es wäre natürlich erst einmal ein Geduldspiel. Nur wäre ein Kind nicht durch zu viele vorweggenommene Ideen beeinflußt.«

»Verhärtung der Gedanken-Arterien«, warf Jane ein.

Paradine war nicht überzeugt. »Dann käme ein Kind besser als Einstein mit der Differentialrechnung zurecht? Nein, das meine ich nicht. Ich sehe mehr oder weniger deutlich, worauf Sie hinauswollen. Nur . . .«

»Passen Sie auf! Nehmen wir an, es gibt zwei Arten von Geometrie – wir grenzen es ein, weil es nur ein Beispiel ist. Unsere Art, die euklidische, und eine andere, die wir X-Geometrie nennen. X hat nicht viel Beziehung zu Euklid. Sie ist auf anderen Lehrsätzen aufgebaut. Zwei und zwei müssen darin nicht notwendigerweise vier ergeben; sie könnten y_2 ergeben, oder sie können vielleicht *gar nichts* ergeben. Der Verstand eines Säuglings ist noch nicht konditioniert, abgesehen von gewissen zweifelhaften Faktoren der Vererbung und der Umgebung. Lassen Sie das Kleinkind mit Euklid anfangen . . .«

»Armes Kind«, sagte Jane.

Holloway warf ihr einen raschen Blick zu. »Der Grundlage von Euklid. Alphabetische Einheiten. Mathematik, Geometrie, Algebra – das kommt viel später. Andererseits: Lassen Sie das Baby mit den grundlegenden Prinzipien unserer X-Logik beginnen.«

»Einheiten? Was für welche?«

Holloway schaute den ›Abakus‹ an. »Für uns ergibt er wenig Sinn. Aber wir sind euklidisch konditioniert.«

Paradine goß sich selbst einen großen Schuß Whisky ein. »Das ist ganz schön schrecklich. Sie setzen der Mathematik überhaupt keine Grenzen.«

»Richtig! Ich kann ihr überhaupt keine Grenzen setzen. Wie könnte ich das. Ich bin ja nicht für die X-Logik konditioniert.«

»Das ist die Antwort«, sagte Jane mit einem Seufzer der Erleichterung. »Wer ist das überhaupt? Nur so jemand könnte die Art von Spielzeugen herstellen, für die Sie diese hier offenbar halten.«

Holloway nickte. Seine Augen blinzelten hinter den dicken Linsen. »Solche Leute könnte es geben.«

»Wo?«

»Sie könnten es vorziehen, verborgen zu bleiben.«

»Übermenschen?«

»Ich wünschte, ich wüßte es. Sehen Sie, Paradine, Sie haben wieder ein Zentimetermaß-Problem. Aber unsere Maßstäbe könnten diesen Leuten unter bestimmten Blickwinkeln als absolute Spitze erscheinen. Unter anderm Blickwinkel könnten sie schwachsinnig erscheinen. Es ist kein quantitativer, sondern ein qualitativer Unterschied. Sie *denken* unterschiedlich. Ich bin sicher, wir können Dinge tun, die sie nicht können.«

»Vielleicht würden sie es gar nicht wollen«, sagte Jane.

Paradine trat gegen die verbrannten Geräte an dem Behälter. »Was ist damit? Das hat doch . . .«

»Einen Zweck, sicher.«

»Transport?«

»Daran denkt man zuerst. Wenn dem so ist, könnte der Behälter von überallher stammen.«

»Von dort, wo ... Sachen ... *anders* sind?« fragte Paradine langsam.

»Genau. Im Raum, oder sogar in der Zeit. Ich weiß es nicht; Ich bin Psychologe. Unglücklicherweise bin ich auch euklidisch konditioniert.«

»Das muß ein komischer Ort sein«, sagte Jane. »Denny, werde diese Spielsachen los!«

»Das habe ich vor.«

Holloway hob den Kristallwürfel hoch. »Haben Sie den Kindern viele Fragen gestellt?«

»Ja. Scott behauptete, als er das erstemal in diesen Würfel geblickt habe, seien Leute drin gewesen«, sagte Paradine. »Ich habe ihn gefragt, was jetzt darin ist.«

»Was antwortete er?« Die Augen des Psychologen wurden größer.

»Er sagte, sie würden eine Ortschaft bauen. Das waren genau seine Worte. Ich fragte ihn wer – Leute? Aber er konnte es nicht erklären.«

»Nein, ich nehme an, er konnte es wirklich nicht«, murmelte Holloway. »Es muß sich weiterentwickeln. Wie lange haben die Kinder diese Spielzeuge schon?«

»Ungefähr drei Monate, glaube ich.«

»Zeit genug. Sehen Sie, das vollkommene Spielzeug ist sowohl lehrreich, als auch mechanisch. Es sollte etwas tun, um das Interesse des Kindes anzuregen; und es soll etwas vermitteln, am besten ganz unaufdringlich. Anfangs einfache Probleme. Später ...«

»X-Logik«, sagte Jane erbleichend.

Paradine murmelte einen Fluch. »Emma und Scott sind vollkommen normal!«

»Wissen Sie, wie ihr Verstand arbeitet – jetzt?«

Holloway verfolgte diesen Gedanken nicht weiter. Er fingerte an der Puppe herum. »Es würde interessant sein, die äußeren Bedingungen des Orts zu kennen, von dem diese Sachen stammen. Aber induktive Schlüsse würden hier wohl auch nicht viel weiterhelfen. Es fehlen zu viele Faktoren. Wir können uns keine Welt vorstellen, die auf dem X-Faktor basiert – eine Umgebung, die den in X-Mustern denkenden Gehirnen angepaßt ist. Dieses leuchtende Netzwerk im Innern der Puppe. Es könnte alles mögliche sein. Es könnte in unserem eigenen Innern existieren, obwohl wir es bisher noch nicht entdeckt haben. Wenn wir die richtige Stelle finden . . .« Er zuckte die Achseln. »Was halten Sie von diesem Ding da?«

Es war eine blutrote Kugel, fünf Zentimeter im Durchmesser, mit einer Beule auf der Oberfläche.

»Was könnte überhaupt jemand davon halten?«

»Scott? Emma?«

»Ich habe es zum erstenmal vor drei Wochen gesehen. Damals begann Emma, damit zu spielen.« Paradine biß sich auf die Unterlippe. »Danach fand auch Scott Interesse daran.«

»Was machen sie damit?«

»Sie halten es vor sich und bewegen es hin und her. Kein besonderes Bewegungsmuster.«

»Kein euklidisches Muster«, korrigierte Holloway. »Am Anfang konnten sie den Sinn der Spielsachen nicht erkennen. Sie mußten dafür ausgebildet werden.«

»Das ist ja schrecklich«, sagte Jane.

»Nicht für sie. Emma versteht X wahrscheinlich schneller als Scott, denn ihr Verstand ist noch nicht für diese Umgebung konditioniert.«

Paradine sagte: »Aber ich kann mich an eine Menge Sachen erinnern, die ich als Kind tat. Selbst als Säugling.«

»Und?«

»War ich . . . damals . . . verrückt?«

»Die Sachen, an die Sie sich *nicht* erinnern, sind das Merkmal Ihrer Verrücktheit«, gab Holloway zurück. »Aber ich benutze das Wort ›Verrücktheit‹ ausschließlich als passendes Symbol für Abweichungen von der bekannten menschlichen Norm. Das Durchschnittsniveau geistiger Gesundheit.«

Jane stellte ihr Glas ab. »Sie sagten, induktive Schlußfolgerungen seien schwierig, Mr. Holloway. Aber ich habe den Eindruck, Sie ziehen sehr viele solcher Schlußfolgerungen aufgrund sehr weniger Tatsachen. Alles in allem sind diese Spielsachen . . .«

»Ich *bin* Psychiater, und ich habe mich auf Kinder spezialisiert. Ich bin kein Laie. Diese Spielsachen sagen eine Menge, und hauptsächlich deshalb, weil sie so wenig sagen.«

»Sie könnten sich irren.«

»Nun, ich hoffe, ich irre mich. Ich würde die Kinder gern untersuchen.«

Jane hob die Arme. »Wie?«

Nachdem Holloway es erklärt hatte, nickte sie, wenn auch immer noch widerstrebend. »Nun ja, in Ordnung. Aber sie sind keine Versuchskaninchen.«

Der Psychiater fächelte mit seiner plumpen Hand in der Luft. »Meine Liebe! Ich bin kein Frankenstein. Für mich ist das Individuum der wesentliche Faktor – natürlicherweise, denn ich habe mit dem Verstand der Leute zu tun. Wenn mit den Kindern irgend etwas nicht in Ordnung ist, möchte ich sie gern heilen.«

Paradine legte seine Zigarette ab und sah der blauen Rauchspirale nach, die in einem kaum wahrnehmbaren Lufthauch davonzog. »Können Sie eine Prognose geben?«

»Ich will es versuchen. Das ist alles, was ich versprechen kann. Wenn der unentwickelte Verstand sich in den X-Kanal gewendet hat, ist es notwendig, ihn zurückzudirigieren. Ich sage nicht, daß es die klügste Methode ist, aber gemessen an unseren Maßstäben ist sie es. Schließlich müssen Emma und Scott in dieser Welt leben.«

»Ja, ja. Ich glaube nicht, daß mit ihnen ernsthaft etwas nicht stimmt. Sie scheinen doch in etwa durchschnittlich zu sein, völlig normal.«

»Oberflächlich mögen sie so scheinen. Sie haben keinen Grund, sich abnormal zu verhalten, oder? Und wie können Sie es merken, wenn sie – anders denken?«

»Ich rufe sie«, sagte Paradine.

»Machen Sie es ganz ungezwungen. Ich will nicht, daß sie gewarnt sind.«

Jane deutete mit einer Kopfbewegung auf die Spielsachen. Holloway sagte: »Lassen Sie die Sachen da liegen.«

Als Emma und Scott hineingerufen worden waren, machte der Psychologe nicht sofort den Versuch, direkte Fragen zu stellen. Ihm gelang es, Scott ganz unauffällig in ein Gespräch zu ziehen, in dem er ab und zu Schlüsselworte fallen ließ. Nichts Eindeutiges wie ein Wort-Assoziations-Test – dafür ist die Bereitschaft zur Zusammenarbeit nötig.

Die interessanteste Entwicklung ergab sich, als Holloway den

›Abakus‹ in die Hand nahm. »Wärst du so nett, mir zu zeigen, wie er funktioniert?«

Scott zögerte. »Ja, Sir. So . . .« Er führte eine Kugel in verworrenen Bahnen durch das Labyrinth; das geschah so schnell, daß niemand völlig sicher war, ob sie schließlich verschwunden war oder nicht. Es hätte auch nur ein Taschenspielertrick sein können. Dann noch einmal . . .

Holloway versuchte es. Scott beobachtete ihn und zog die Nase kraus.

»Ist das richtig so?«

»Hmm. *Da* muß es hin . . .«

»Hierhin? Warum?«

»Nur so funktioniert es.«

Aber Holloway war euklidisch konditioniert. Es gab keinen erkennbaren Grund, warum die Kugel von dem einen besonderen Draht zu dem anderen gleiten sollte. Das schien eine reine Zufallsentscheidung zu sein. Außerdem fiel Holloway plötzlich auf, daß die Kugel eine andere Bahn genommen hatte, als Scott mit dem Spielzeug umging. Zumindest, soweit er sich erinnern konnte.

»Zeigst du es mir noch einmal?«

Scott tat es. Und auf Holloways Bitte noch zwei weitere Male. Holloway zwinkerte durch seine dicken Brillengläser. Zufall, jawohl. Und variabel. Jedesmal bewegte Scott die Kugel über andere Bahnen.

Irgendwie konnte keiner der Erwachsenen feststellen, ob die Kugel nun verschwand oder nicht. Hätten sie ihr Verschwinden erwartet, wären ihre Reaktionen möglicherweise anders gewesen.

Am Ende war gar nichts erklärt. Holloway schien sich nicht ganz wohl zu fühlen, als er sich verabschiedete.

»Darf ich noch einmal wiederkommen?«

»Ich möchte es schon«, sagte Jane ihm. »Zu jeder Zeit. Denken Sie immer noch . . .«

Er nickte. »Der Verstand der Kinder reagiert nicht normal. Sie sind in keiner Weise dumm; aber ich habe den außergewöhnlichen Eindruck, daß sie Schlußfolgerungen in einer Weise ziehen, die wir nicht verstehen. Als ob sie Algebra benutzen, während wir Geometrie heranziehen. Die gleiche Schlußfolgerung, aber eine andere Methode, dahin zu gelangen.«

»Was ist mit den Spielsachen?« fragte Paradine plötzlich.
»Halten Sie sie fern von ihnen. Ich möchte sie mir gerne ausleihen, wenn ich darf ...«

Paradine schlief schlecht in dieser Nacht. Holloways Vergleich war schlecht gewählt. Er führte zu verwirrenden Theorien. Der X-Faktor ... Die Kinder benutzten das Äquivalent algebraischer Überlegung, während Erwachsene Geometrie benutzten.

Klar genug. Aber ...

Algebra kann Antworten geben, zu denen Geometrie nicht in der Lage ist. Denn bestimmte Formeln und Symbole können geometrisch nicht ausgedrückt werden. Angenommen, X-Logik führte zu Schlußfolgerungen, die für den Verstand des Erwachsenen unbegreifbar sind?

»Verdammt!« flüsterte Paradine. Jane fuhr erschreckt neben ihm hoch.

»Liebes? Kannst du auch nicht schlafen?«

»Nein.« Er stand auf und ging ins Nebenzimmer. Emma schlief friedlich wie ein Engel; ihr kleiner dicker Arm war um Onkel Bär geschlungen. Durch die offenstehende Tür sah Paradine Scotts dunklen Kopf bewegungslos auf dem Kissen liegen.

Jane stand neben ihm, er legte seinen Arm um sie.

»Die armen kleinen Würmchen«, flüsterte sie. »Und Holloway nannte sie verrückt. Ich glaube, wir sind diejenigen, die verrückt sind, Denny.«

»Mhm. Wir sind überdreht.«

Scott schrak im Schlaf hoch. Ohne aufzuwachen, sagte er etwas – offensichtlich eine Frage, obwohl sie in keiner erkennbaren Sprache gestellt wurde. Emma stieß einen kurzen wimmernden Schrei aus, dessen Tonhöhe abrupt wechselte.

Sie war nicht aufgewacht. Und die Kinder lagen völlig ruhig.

Aber mit einem plötzlichen Unbehagen dachte Paradine, daß die Szene sich genauso abgespielt hatte, als ob Scott Emma etwas gefragt und sie geantwortet hätte.

Hatte sich ihr Verstand so verändert, daß sogar Schlaf – anders für sie war?

Er verwarf den Gedanken. »Du wirst dich erkälten. Komm, wir gehen wieder ins Bett. Möchtest du einen Drink?«

»Ich glaube ja«, sagte Jane, während sie Emma beobachtete. Ihre Hand streckte sich nach dem Kind aus; sie zog sie zurück. »Komm schon, sonst wecken wir die Kinder noch auf.«

Sie tranken einen kleinen Weinbrand, aber sie sagten nichts. Später weinte Jane im Schlaf.

Scott war nicht wach, aber sein Verstand arbeitete – langsam und vorsichtig. So:

Sie werden uns die Spielzeuge wegnehmen. Der fette Mann . . . Vielleicht gefährliche Listawa. Aber die Ghorik-Richtung wird sich nicht . . . Epankrus Mahnung-hat-nicht-sie. Neulingotion . . . hell und glänzend. Emma. Sie ist jetzt kopranscher als . . . Ich weiß immer noch nicht, wie man . . . Sawara linxi dorb . . .

»Ein wenig von Scotts Gedanken war immer noch verständlich, aber Emma war viel schneller auf X konditioniert worden.

Sie überlegte auch.

Nicht wie ein Erwachsener oder wie ein Kind. Nicht einmal wie ein Mensch. Es sei denn wie ein Mensch, dessen Art dem *genus homo* erschreckend unähnlich ist.

Manchmal hatte Scott selber Schwierigkeiten, ihren Gedanken zu folgen.

Wäre Holloway nicht gewesen, hätte das Leben zur Alltagsroutine zurückkehren können. Die Spielsachen erinnerten nun nicht mehr an die Geschehnisse. Emma freute sich immer noch über ihre Puppen und den Sandkasten, ihr Vergnügen daran war völlig normal. Scott war mit Baseball und seinem Chemiekasten zufrieden. Sie taten alles, was andere Kinder auch tun, und zeigten nur wenige (wenn überhaupt welche) Anzeichen von Abnormalität. Doch Holloway schien ein Schwarzseher zu sein.

Er hatte die Spielsachen untersuchen lassen – mit ziemlich idiotischen Ergebnissen. Er zeichnete endlos Karten und Diagramme, korrespondierte mit Mathematikern, Ingenieuren und anderen Psychologen und wurde fast verrückt bei dem Versuch, im Aufbau der Geräte ein Schema oder einen Sinn zu finden. Der Behälter selbst mit seiner geheimnisvollen Apparatur sagte gar nichts. Die Verbrennungshitze hatte zuviel zu Schlacke werden lassen. Aber die Spielsachen . . .

Das Zufallselement brachte die Untersuchung aus dem Konzept. Sogar das war eine semantische Frage. Denn Holloway war überzeugt, daß es nicht wirklich Zufall war. Es waren einfach nicht genug Faktoren bekannt. Zum Beispiel konnte kein Erwachsener mit dem ›Abakus‹ arbeiten. Und nach einiger Überlegung verzichtete Holloway darauf, ein Kind mit dem Ding spielen zu lassen.

Der Kristallwürfel war ähnlich geheimnisvoll. Er zeigte ein verrücktes Farbmuster, das sich manchmal bewegte. Darin ähnelte es einem Kaleidoskop. Aber es wurde weder vom Gleichgewichtsmoment noch von Schwerkraft beeinflußt. Schon wieder der Zufallsfaktor.

Oder besser: Das Unbekannte. Das X-Muster. Schließlich fielen Paradine und Jane in so etwas wie Beschaulichkeit zurück; sie hatten das Gefühl, daß nun, da die wesentliche Ursache beseitigt war, die Kinder von ihrer geistigen Eigenart geheilt waren. Die verschiedenen Beschäftigungen Emmas und Scotts gaben ihnen jetzt allen Grund, sich nun keine Sorgen mehr zu machen.

Denn die Kinder vergnügten sich mit Schwimmen, Radfahren, Fernsehen, Spielen, mit allen normalen Spielzeugen dieses bestimmten Zeit-Sektors. Zwar kamen sie mit manchen komplizierten, mechanischen Aufgaben, die einige Berechnung erforderten, nicht zurecht; zum Beispiel mit dem dreidimensionalen Kugel-Puzzle, das Paradine aufgetrieben hatte. Aber das fand er selber sehr schwierig.

Ab und zu gab es Ausrutscher. Eines Sonntagnachmittags radelte Scott zusammen mit seinem Vater ins Blaue, auf der Kuppe eines Hügels machten sie Pause. Unter ihnen erstreckte sich ein sehr schönes Tal.

»Hübsch, nicht wahr?« bemerkte Paradine.

Scott untersuchte die Szene ernsthaft. »Es ist alles falsch«, sagte er.

»Hee?«

»Weiß nicht.«

»Was ist daran falsch?«

»Huuii . . .« machte Scott in die verblüffte Stille hinein. »Weiß nicht.«

Die Kinder hatten ihre Spielsachen vermißt, aber nicht für lange. Emma erholte sich zuerst, obschon Scott immer noch den Kopf hängen ließ. Er führte mit seiner Schwester unsinnige Gespräche und studierte intensiv sinnlose Kritzeleien, die sie aufs Papier brachte. Es war fast so, als frage er sie bei schwierigen Problemen um Rat, die er selbst nicht in den Griff bekam.

Wenn Emma mehr Verstand entwickelte, besaß Scott eine größere praktische Intelligenz und auch handwerkliche Geschicklichkeit. Er baute mit seinem Stabilbaukasten eine Maschine, war aber unzufrieden damit. Der offensichtliche Grund seiner Unzufriedenheit verschaffte Paradine Erleichterung, als er die Konstruktion in Augenschein nahm. So etwas machte jeder normale Junge, es erinnerte verschwommen an ein kubistisches Schiff.

Es war ein bißchen zu normal, um Scott Freude zu machen. Er stellte Emma noch mehr Fragen, jedoch nur, wenn sie allein waren. Sie dachte eine Weile nach, packte dann den Bleistift mit ungeschicktem Griff und machte einige weitere Kritzel.

»Kannst du das lesen?« fragte Jane ihren Sohn eines Morgens.

»Nicht richtig lesen. Ich kann verstehen, was sie meint. Nicht immer, aber meistens.«

»Schreibt sie?«

»N-Nein. Es bedeutet nicht das, wo es nach aussieht.«

»Symbolismus«, meinte Paradine über seine Kaffeetasse hinweg.

Jane blickte ihn mit weit aufgerissenen Augen an. »Denny . . .«

Er zwinkerte ihr zu und schüttelte den Kopf. Später, als sie allein waren, sagte er: »Laß dich von Holloway nicht verrückt machen. Ich will doch gar nicht andeuten, daß die Kinder sich in einer unbekannten Sprache verständigen. Wenn Emma einen Krakel hinmalt und sagt, das sei eine Blume, dann handelt es sich um eine willkürliche Regelung – Scott behält das im Gedächnis. Beim nächstenmal malt sie den gleichen Krakel, oder sie versucht es zumindest – das ist alles.«

»Sicher«, sagte Jane zweifelnd. »Hast du bemerkt, daß Scott in letzter Zeit viel mit Lesen beschäftigt war?«

»Ich hab's bemerkt. Aber nichts Ungewöhnliches. Weder Kant noch Spinoza.«

»Er schmökert, mehr nicht.«

»Nun, das habe ich in dem Alter auch getan«, sagte Paradine

und ging zu den Vormittagsvorlesungen. Er aß zusammen mit Holloway zu Mittag (das wurde ihm zur täglichen Gewohnheit) und erzählte von Emmas literarischen Bemühungen.

»Hatte ich recht, als ich auf Symbolismus tippte, Rex?«

Der Psychologe nickte. »Völlig richtig. Unsere eigene Sprache stellt auch nur einen willkürlichen Symbolismus dar. Zumindest in ihrer Anwendung. Sehen Sie!« Er zeichnete eine sehr enge Ellipse auf seine Serviette. »Was ist das?«

»Sie meinen: Was stellt es dar?«

»Ja. Was stellen Sie sich darunter vor. Es könnte eine primitive Darstellung von – was sein?«

»Da gibt's eine Menge«, sagte Paradine. »Der Rand eines Glases. Ein Spiegelei. Ein französisches Stangenbrot. Eine Zigarre.«

Holloway fügte seiner Zeichnung ein kleines Dreieck hinzu, dessen Spitze mit dem einen Ende der Ellipse verbunden war. Er schaute Paradine an.

»Ein Fisch«, sagte der prompt.

»Unser vertrautes Symbol für Fisch. Selbst ohne Flossen, Augen und Maul ist es erkennbar, denn wir sind konditioniert, diese bestimmte Form mit unserem geistigen Bild eines Fisches gleichzusetzen. Die Grundlage eines Bilderrätsels. Ein Symbol bedeutet für uns viel mehr als das, was wir tatsächlich auf dem Papier sehen. Was geht in Ihrem Kopf vor, wenn Sie diese Skizze sehen?«

»Nun ja – ein Fisch.«

»Machen Sie weiter. Was stellen Sie sich vor – alles!«

»Schuppen«, sagte Paradine langsam, während er in die Luft blickte.

»Wasser. Gischt. Ein Fischauge. Die Schwanz- und Seitenflossen. Die Farben.«

»Also stellt das Symbol viel mehr als nur die abstrakte Idee *Fisch* dar. Achten Sie darauf, daß es sich um den Bedeutungsinhalt eines Substantivs dreht, nicht um den eines Verbs. Handlungen sind mit Symbolen sehr viel schwerer auszudrücken. Ganz gleich – kehren Sie diesen Prozeß um. Stellen Sie sich vor, Sie wollen ein Symbol für ein bestimmtes Substantiv malen, sagen wir *Vogel*. Zeichnen Sie es!«

Paradine zeichnete zwei miteinander verbundene Bogen mit der Wölbung nach innen.

»Der kleinste gemeinsame Nenner«, meinte Holloway nikkend. »Wir haben die natürliche Neigung zu vereinfachen. Vor allem, wenn ein Kind etwas zum erstenmal sieht und keine Vergleichsmaßstäbe hat. Es versucht, die neue Sache mit bereits Vertrautem zu vergleichen. Haben Sie schon mal darauf geachtet, wie ein Kind das Meer zeichnet?« Er wartete nicht auf eine Antwort, sondern fuhr fort: »Eine Reihe gezackter, kurzer Linien. Wie die oszillierende Linie auf einem Seismographen. Als ich den Pazifik zum erstenmal sah, war ich drei Jahre alt. Ich erinnere mich ziemlich deutlich daran. Er sah – schräg aus. Eine flache Ebene, die in einem Winkel gekippt war. Die Wellen waren regelmäßige Dreiecke mit der Spitze nach oben. Nun, ich *sah* ihn nicht so stilisiert, aber als ich mich später erinnerte, mußte ich irgendeinen vertrauten Vergleichsmaßstab finden. Und das ist die einzige Methode, die Vorstellung von einer völlig neuen Sache zu gewinnen. Das Durchschnittskind versucht, diese regelmäßigen Dreiecke zu zeichnen – aber seine Ko-Ordination ist dürftig. Es erhält ein Seismographen-Muster.«

»Und was bedeutet das alles?«

»Ein Kind sieht das Meer. Es stilisiert es. Es zeichnet ein bestimmtes begrenztes Muster, das für es das Meer symbolisiert. Vielleicht sind Emmas Kritzeleien auch Symbole. Ich will damit nicht sagen, daß für sie die Welt anders aussieht – klarer vielleicht und schärfer, lebhafter und mit schwächer werdender Wahrnehmung oberhalb der Augenhöhe. Was ich damit sagen will: Ihre Denkprozesse sind anders, so daß sie das, was sie sieht, in abnormale Symbole überträgt.«

»Sie glauben immer noch . . .«

»Ja, genau das. Ihr Verstand wurde ungewöhnlich konditioniert. Es kann sein, daß sie das, was sie sieht, in einfache, offensichtliche Muster zerlegt und diesen Mustern eine Bedeutung zumißt, die wir nicht verstehen. Nehmen Sie den ›Abakus‹. Sie erkannte ein Muster darin, obwohl es sich für uns um reine Zufallsprozesse handelte.«

Paradine beschloß ganz plötzlich, das gemeinsame Mittagessen mit Holloway allmählich einzustellen. Der Mann war ein notorischer Pessimist. Seine Theorien wurden immer fantastischer und kurioser, und er zog alles mögliche an den Haaren herbei, um sie zu stützen – ob es nun paßte oder nicht.

Höhnisch meinte er: »Wollen Sie sagen, daß Emma sich mit Scott in einer unbekannten Sprache verständigt?«

»In Symbolen, für die sie keine Worte hat. Ich bin sicher, daß Scott einen großen Teil dieser . . . Kritzeleien versteht. Für ihn mag ein gleichschenkliges Dreieck irgendeinen Faktor darstellen, wahrscheinlich aber ein konkretes Substantiv. Könnte ein Mensch, der absolut keine Ahnung von der symbolischen Schreibweise in der Chemie hat, die Bedeutung von »H_2O« verstehen? Könnte er begreifen, daß dieses Symbol ein Abbild des Meeres hervorrufen kann?«

Paradine antwortete nicht. Statt dessen erwähnte er Scotts seltsame Bemerkung, daß die Landschaft vom Hügel aus völlig falsch aussehe. Einen Augenblick später neigte er bereits wieder dazu, diese Anwandlung zu bedauern, denn der Psychologe legte schon wieder los.

»Scotts Denkmuster bauen sich zu einer Gesamtheit auf, die dieser Welt nicht entspricht. Vielleicht erwartet er im Unterbewußtsein, die Welt zu sehen, von der diese Spielsachen stammen.«

Paradine hörte ihm nicht mehr zu. Was zuviel war, war zuviel. Mit den Kindern war inzwischen alles in Ordnung, Holloway selbst war der einzige störende Faktor. An diesem Abend jedoch entwickelte Scott ein Interesse an Aalen, das später bedeutungsvoll werden sollte.

In der Naturgeschichte gab es nichts offensichtlich Schädliches. Paradine sprach von Aalen.

»Aber wo legen sie ihre Eier? Oder legen sie überhaupt welche?«

»Das ist noch ein Rätsel. Man kennt ihre Laichgründe nicht. Vielleicht das Sargasso-Meer oder die Tiefsee, wo der Druck ihnen dabei hilft, die Nachkommenschaft aus dem Körper zu pressen.«

»Komisch«, sagte Scott und dachte darüber nach.

»Die Lachse tun mehr oder weniger dasselbe. Sie schwimmen zum Laichen flußaufwärts.« Paradine ging ins Detail. Scott war fasziniert.

»Das ist es, Vati. Sie werden im Fluß geboren, und wenn sie schwimmen können, gehen sie ins Meer. Und dann kommen sie zurück, um ihre Eier zu legen, hmm?«

»Richtig.«

»Nur, wenn sie nicht zurückkommen würden«, dachte Scott laut nach. »Sie würden nur ihre Eier schicken . . .«

»Dazu brauchten sie eine lange Legeröhre«, sagte Paradine und ließ sich zu einigen gewählten Bemerkungen über die Fortplanzung durch Eierlegen herab.

Sein Sohn war nicht völlig zufriedengestellt. Blumen, so argumentierte er, schickten doch auch ihre Samen über weite Entfernungen.

»Sie leiten sie aber nicht. Nur wenige fallen auf fruchtbaren Boden.«

»Blumen haben auch kein Gehirn. Vati, warum leben die Leute *hier*?«

»In Glendale?«

»Nein – *hier*. Der ganze Ort. Ich wette, das ist nicht alles, was es gibt.«

»Meinst du die anderen Planeten?«

Scott zögerte kurz. »Das ist nur . . . ein Teil . . . eines großen Ortes. Wie der Fluß, den die Lachse hinaufschwimmen. Warum gehen die Leute nicht hinunter ans Meer, wenn sie erwachsen werden?«

Paradine begriff, daß Scott im übertragenen Sinne sprach. Er fühlte einen kurzen Schauder. Das – Meer?

Die Jungen dieser Spezies sind nicht dafür konditioniert, in der Welt ihrer Eltern aufzuwachsen. Erst wenn sie sich genügend entwickelt haben, betreten sie diese Welt. Später legen sie Eier. Die befruchteten Eier werden im Sand vergraben, weit oben am Fluß, wo sie heranreifen. Schließlich schlüpfen die Jungen aus, beginnen zu wachsen.

Und sie lernen. Reiner Instinkt ist verhängnisvoll langsam. Vor allem im Fall einer Art, die nicht einmal dieser Welt gewachsen ist. Unfähig, zu essen oder zu trinken oder zu überleben, wenn nicht jemand mit Voraussicht für diese Bedürfnisse gesorgt hätte.

Die Jungen, die gefüttert und angeleitet werden, würden überleben. Es müßte Inkubatoren und Roboter geben. Sie würden überleben; aber sie würden nicht wissen, wie sie flußabwärts zu der größeren Welt des Meeres schwimmen könnten.

Also muß es ihnen beigebracht werden. Sie müssen auf viele Arten geübt und konditioniert werden.

Ohne Schmerzen, behutsam, versteckt. Kinder lieben Spielzeug, das etwas macht. Und wenn dieses Spielzeug sie gleichzeitig unterrichtet . . .

In der zweiten Hälfte des neunzehnten Jahrhunderts saß ein Engländer auf der grasbewachsenen Böschung nahe bei einem Fluß. Neben ihm lag ein zierliches Mädchen, das in den Himmel starrte. Sie hatte ein merkwürdiges Spielzeug zur Seite gelegt – und jetzt flüsterte sie ein wortloses kleines Lied, dem der Mann mit halbem Ohr lauschte.

»Was war das, mein Liebes?« fragte er schließlich.

»Nur etwas, was ich mir eben jetzt ausgedacht habe, Onkel Charles.«

»Sing es noch einmal.« Er zog ein Notizbuch hervor.

Das Mädchen gehorchte.

»Hat es irgendeine Bedeutung?«

Sie nickte. »Genau wie die Geschichten, die ich dir schon erzählte.«

»Das sind wunderschöne Geschichten, Liebes.«

»Und du wirst sie eines Tages in ein Buch schreiben?«

»Ja, aber ich muß sie ganz schön verändern, sonst würde sie niemand verstehen. Aber dein kleines Lied werde ich wohl nicht verändern.«

»Das darfst du auch nicht. Wenn du das tätest, hätte es keinen Sinn mehr.«

»Ich werde die Strophe auf keinen Fall verändern«, versprach er. »Doch was bedeutet sie?«

»Es ist der Weg nach draußen, glaube ich«, sagte das Mädchen zweifelnd. »Aber ich bin nicht sicher. Mein Zauberspielzeug hat mir das gesagt.«

»Ich möchte zu gern wissen, welches Geschäft in London dieses herrliche Spielzeug verkauft.«

»Mama hat es für mich gekauft. Sie ist tot. Papa kümmert sich nicht darum.«

Sie log. Sie hatte die Spielsachen eines Tages in einem Behälter gefunden, als sie an der Themse spielte. Und sie waren in der Tat wunderbar.

Ihr kleines Lied – Onkel Charles dachte, es hatte überhaupt keine Bedeutung. (Er war nicht ihr richtiger Onkel, ergänzte sie für sich. Aber er war nett.) Das Lied bedeutete sehr viel. Es zeigte den Weg. In diesem Augenblick würde sie tun, was das Lied sagte, und dann . . .

Aber sie war schon zu alt. Sie fand den Weg niemals.

Paradine hatte Holloway links liegen lassen. Jane hatte eine tiefe Abneigung gegen ihn entwickelt. Das war ganz natürlich, denn sie wollte vor allem ihre Ängste beruhigt sehen. Da Scott und Emma sich jetzt normal verhielten, war Jane zufrieden. Es war zum Teil Wunschdenken, dem sich Paradine nicht völlig anschließen konnte.

Scott brachte Emma immer noch alle möglichen Gegenstände und wartete auf ihre Zustimmung. Meist schüttelte sie den Kopf. Manchmal sah sie zweifelnd drein. Und ganz selten gab sie ihr Einverständnis zu erkennen. Dann folgte eine Stunde voll Geschäftigkeit; verrückte Kritzeleien auf Fetzen von Notizpapier – und nachdem Scott die Aufzeichnungen sorgfältig studiert hatte, ordnete er seine Steine, Maschinenteilchen, Kerzenstummel und verschiedenen Krimskrams immer wieder aufs neue. Jeden Tag räumte das Dienstmädchen sie weg, und jeden Tag begann Scott von vorn.

Er ließ sich dazu herab, seinem verblüfften Vater, der wenig Sinn und Zweck in diesem Spiel sah, ein wenig zu erklären.

»Aber warum muß der Kiesel ausgerechnet hier hin?«

»Er ist hart und rund, Vati. Er *gehört* dort hin.«

»Der hier ist auch hart und rund.«

»Nun, aber der ist mit Vaseline eingerieben. Wenn man einmal soweit ist, kann man einfach kein hartes, rundes Ding mehr *sehen.*«

»Was kommt jetzt? Die Kerze da?«

Scott sah ihn verärgert an. »Die kommt erst am Schluß. Als nächstes ist der Eisenring dran.«

Paradine kam das vor wie die Auskundschaftung eines Waldes, Hinweiszeichen in einem Labyrinth. Aber da war schon wieder der Zufallsfaktor. Logik – normale Logik – versagte gegenüber Scotts Absichten, als er das Gerümpel auf diese Art ordnete.

Paradine ging hinaus. Über seine Schulter sah er, wie Scott ein zerknülltes Papier und einen Bleistift aus seiner Tasche zog und zu Emma ging, die grübelnd in einer Ecke hockte.

Nun . . .

Jane war mit Onkel Harry zum Mittagessen gegangen, und an diesem heißen Sommertag konnte man wenig mehr tun als Zeitung lesen. Paradine ließ sich am kühlsten Fleck, den er finden konnte, mit einem Magazin nieder und vertiefte sich in ein paar Comics.

Eine Stunde später riß ihn Fußgetrappel oben im Haus aus seinem Halbschlaf. Scotts Stimme schrie triumphierend: »Das ist es, Schnecke! Mach weiter . . .«

Stirnrunzelnd stand Paradine auf. Als er in die Diele kam, klingelte das Telefon. Jane hatte versprochen anzurufen . . .

Seine Hand lag auf dem Hörer, als Emmas dünne Stimme vor Freude quietschte. Paradine verzog das Gesicht. Was, zum Teufel, war da oben los?

Scott schrie: »Aufgepaßt, Schnecke. So geht's!«

Paradine, dessen Nerven auf geradezu lächerliche Weise gereizt waren, vergaß das Klingeln des Telefons und raste die Treppe hinauf. Die Tür von Scotts Zimmer stand offen.

Die Kinder waren im Begriff zu verschwinden.

Sie lösten sich auf – wie dicker Rauch im Wind, oder eher wie mit einer Bewegung in einem Zerrspiegel. Sie gingen Hand in Hand in eine Richtung, die Paradine nicht begreifen konnte.

Und als er noch blinzelnd auf der Türschwelle stand, waren sie fort.

»Emma!« schrie er mit trockener Kehle. »*Scotty*!«

Auf dem Teppich lag ein Muster aus einigen kleinen Gegenständen; Kieselsteine, ein Eisenring – und sonstiger Krimskrams. Ein Zufallsmuster. Ein zerknüllter Papierfetzen wehte auf Paradine zu.

Mit einer automatischen Bewegung hob er ihn auf.

»Kinder, wo seid ihr denn? Versteckt euch nicht . . . – Emma! SCOTTY!«

Unten hörte das schrille, monotone Klingeln des Telefons auf. Paradine schaute auf das Papier in seiner Hand.

Es war eine Seite, die aus einem Buch gerissen war; auf ihr waren wahllose Unterstreichungen und unleserliche Randnotizen, Emmas sinnlose Kritzelei. Eine gereimte Strophe war so sehr unterstrichen und übermalt, daß sie fast nicht mehr lesbar war, aber Paradine kannte *Alice hinter den Spiegeln* ziemlich gut. Sein Gedächnis sagte ihm die Worte . . .

Verdaustig wars und glasse Wieben
Rotterten gorkicht im Gemank;
Gar elump war der Pluckerwank,
Und die gabben Schweisel frieben*.

Idiotisch dachte er: Das Gedicht von Humpty Dumpty** gab die Erklärung. Gemank ist der Grasfleck rund um eine Sonnenuhr. Eine Sonnenuhr. Zeit – es hat etwas mit Zeit zu tun. Vor langer Zeit hatte Scotty ihn gefragt, was ein Gemank ist. Symbolismus.

»*Verdaustig wars . . .*«

Eine perfekte mathematische Formel, die alle Bedingungen enthielt; in einem Symbolzusammenhang, den die Kinder schließlich verstanden hatten. Das Gerümpel auf dem Boden. Die Wieben mußten glasse gemacht werden – Vaseline? –, und sie mußten in einer ganz bestimmten Ordnung hingelegt werden, dann konnten sie gorkicht rottern.

Wahnsinn!

Aber für Emma und Scott war es kein Wahnsinn gewesen. Sie dachten anders. Sie benutzten X-Logik. Die Anmerkungen, die Emma auf der Buchseite gemacht hatte – sie hatte Carolls Worte in Symbole übertragen, die sie und Scott verstehen konnten.

Der Zufallsfaktor hatte für die Kinder einen Sinn gehabt. Und sie hatten die Bedingungen der Raum-Zeit-Gleichung erfüllt. *Und die gabben Schweisel frieben . . .*

Tief in Paradines Kehle löste sich ein gespenstischer Ton. Er blickte auf das verrückte Muster auf dem Teppich. Wenn er den Kindern folgen konnte . . . Aber er konnte es nicht. Das Muster war für ihn ohne Sinn. Der Zufallsfaktor besiegte ihn. Er war euklidisch konditioniert.

Selbst wenn er verrückt würde, könnte er es nicht tun. Es wäre die falsche Art des Irrsinns.

---

* Aus Lewis Carroll (eig. Charles Lutwidge Dodgson, 1832-1898), *Alice hinter den Spiegeln*, übersetzt von Christian Enzensberger, Frankfurt a.M. 1963 (Bibliothek der Romane im Insel Verlag). Das Original lautet:

Twas brillig, and the slithy toves
Did gyre and gimbel in the wabe.
All mimsy were the borogoves,
And the mome raths outgrabe.

** »Goggelmoggel« in der Enzensbergerschen Übersetzung.

Sein Verstand schien auszusetzen. Aber die Erstarrung ungläubigen Entsetzens wich im Nu – Paradine zerknüllte die Buchseite in den Fingern. »Emma, Scotty«, rief er mit tonloser Stimme, so als würde er gar keine Antwort erwarten.

Sonnenlicht fiel durch die geöffneten Fenster und ließ den goldenen Pelz von Onkel Bär aufleuchten. Unten begann das Telefon wieder zu klingeln.

Aus dem Amerikanischen übersetzt von Bernd W. Holzrichter.

CLIFFORD D. SIMAK

Zuflucht

Der Nieselregen fiel aus den bleiernen Wolken wie Rauch, der durch entblätterte Bäume treibt. Er machte die Konturen der Hecken weicher, ließ die Umrisse der Gebäude verschwommen erscheinen und versperrte den Blick in die Weite. Er glitzerte auf den metallenen Oberflächen der schweigenden Roboter und tauchte die Schultern der drei Menschen in Silber, die den Worten des schwarzgekleideten Mannes lauschten, der aus dem Buch las, das er in den Händen hielt.

»Denn Ich bin die Auferstehung und das Leben . . .«

Die moosbewachsene Grabfigur, die über der Tür der Krypta emporragte, schien sich nach oben zu recken; jeder Kristall des aufwärtsstrebenden Körpers schien nach etwas zu greifen, daß niemand sonst sehen konnte.

Nach oben gereckt wie seit jenem lange zurückliegenden Tag, an dem Menschen die Figur aus dem Granit geschält hatten, um das Familiengrab mit einem Symbol zu schmücken. Ein Symbol für all das, was die letzten Lebensjahre des ersten John J. Webster verschönt hatte.

»Und wer auch immer lebt und an Mich glaubt . . .«

Jerome A. Webster fühlte den festen Griff seines Sohnes um seinen Arm, hörte das leise Schluchzen seiner Mutter, sah die Reihe der bewegungslosen Roboter, die ihren Kopf beugten – in Respekt vor dem Herrn, dem sie gedient hatten. Ihr Herr ging nun nach Hause, das letzte Zuhause für alle.

Benommen fragte Jerome A. Webster sich, ob sie verstanden – ob sie Leben und Tod verstanden –, ob sie verstanden, was es bedeutete, daß Nelson F. Webster hier in dem Sarg lag, daß ein Mann mit einem Buch Worte über ihn anstimmte.

Nelson F. Webster, der vierte des Webster-Zweigs, der auf diesem Gut gelebt hatte, der hier gelebt hatte und gestorben war, der es kaum einmal verlassen hatte – und jetzt fand er seine letzte Ruhestätte an dem Ort, den der erste von ihnen für alle übrigen vorbereitet hatte; für die lange Reihe der schattenhaften Nachkommen, die hier leben würden und all die Dinge und die Lebensweise pflegen würden, die John J. Webster vorbereitet hatte.

Jerome A. Webster fühlte, wie sich seine Kiefermuskeln spannten, fühlte ein leichtes Zittern seinen Körper erfassen. Einen Moment lang brannten seine Augen, der Sarg flimmerte, und die Worte, die der Mann in Schwarz sagte, wurden eins mit dem Wind, der in den Pinien flüsterte, die wie zur Totenwache standen. In seinem Kopf stiegen Erinnerungen hoch – Erinnerungen an einen grauhaarigen Mann – wie er über Hügel und Felder schritt, wie er den Hauch eines jungen Morgens schnupperte, wie er breitbeinig, mit einem Glas Weinbrand in der Hand, vor dem flackernden Kaminfeuer stand.

Stolz – der Stolz des Landes und des Lebens; und die Bescheidenheit und die Größe, die zusammen mit einem Mann seine lebenden Nachkommen verließen. Die Zufriedenheit gelegentlicher Mußestunden und die Sicherheit des Wollens. Unabhängigkeit sicherer Gewißheit, Annehmlichkeit vertrauter Umgebung, Freiheit großer Güter.

Thomas Webster stieß ihn mit dem Ellbogen an. »Vater«, flüsterte er, »Vater.«

Der Gottesdienst war vorbei. Der schwarzgekleidete Mann hatte sein Buch geschlossen. Sechs Roboter traten vor und hoben den Sarg.

Gemessenen Schritts folgten die drei dem Sarg in die Gruft, standen stumm, als die Roboter ihn in seine Kammer gleiten ließen, die winzige Tür schlossen und die Platte anbrachten, auf der zu lesen war:

NELSEN F. WEBSTER
2034 – 2117

Das war alles. Nur der Name und die Jahreszahlen. Und das, so dachte Jerome A. Webster bei sich, war genug. Es gab nichts, was sonst dort stehen mußte. Das hatten auch all die andern. Die, die in der Familienchronik aufgeführt waren – sie begann mit William Stevens, 1920 – 1999. Opa Stevens hatten sie ihn genannt, erinnerte Webster sich. Vater der Ehefrau des ersten John J. Webster, der selbst in dieser Gruft lag: – 1951 – 2020. Und nach ihm sein Sohn, Charles F. Webster, 1980 – 2060. Und dessen Sohn, John J. II, 2004 – 2086. Webster konnte sich an

John J. II erinnern – ein Großvater, der mit der Pfeife im Mundwinkel neben dem Kamin schlief, immer in der Gefahr, daß seine Barthaare Feuer fingen.

Websters Augen wanderten zu einem anderen Schild. Mary Webster, die Mutter des Jungen an seiner Seite. Und doch kein Junge mehr. Er vergaß dauernd, daß Thomas jetzt zwanzig war. In rund einer Woche würde er zum Mars aufbrechen, so wie er selbst in jüngeren Jahren zum Mars aufgebrochen war.

Hier sind sie alle beisammen, sagte er zu sich selbst. Die Websters und ihre Frauen und Kinder. Hier im Tod beisammen, wie sie zusammen gelebt hatten: Sie schliefen inmitten des Stolzes und der Sicherheit von Bronze und Marmor, mit den Pinien draußen und der symbolischen Figur über der mit den Jahren grün gewordenen Tür.

Die Roboter warteten, standen stumm, jetzt, da ihre Pflicht getan war.

Seine Mutter schaute ihn an.

»Jetzt bist du das Oberhaupt der Familie, mein Sohn«, sagte sie zu ihm.

Er streckte die Arme aus und drückte sie fest an seine Brust. Oberhaupt der Familie – was davon übriggeblieben war. Nur noch die drei hier. Seine Mutter und sein Sohn. Und sein Sohn würde sie bald verlassen und zum Mars gehen. Aber er würde zurückkehren, und die Familie würde weiterleben. Die Familie würde nicht zu dritt bleiben. Die meisten Räume des großen Hauses würden nicht verschlossen bleiben, so wie sie jetzt verschlossen waren. Es gab eine Zeit, da hatte das Haus vom Leben eines Dutzend Familienmitglieder geklungen; sie hatten in eigenen Wohnungen unter einem einzigen großen Dach gelebt. Diese Zeit, das wußte er, würde wiederkehren.

Die drei drehten sich um und verließen die Gruft, schlugen den Pfad zurück zum Haus ein, verschwanden allmählich wie ein großer grauer Schatten im Nebel.

Im Kamin loderte das Feuer, und das Buch lag auf seinem Schreibtisch. Jerome A. Webster lehnte sich hinüber und hob es hoch, las den Titel noch einmal: *Die Physiologie der Marsbewohner, unter besonderer Berücksichtigung des Gehirns*, von Dr. med. Jerome A. Webster.

Dick und respekteinflößend – die Arbeit eines ganzen Lebens.

Auf seinem Gebiet fast das einzige seiner Art. Auf den Daten aufgebaut, die während der fünf Seuchenjahre auf dem Mars gesammelt worden waren – Jahre, in denen er fast Tag und Nacht zusammen mit seinen Kollegen der medizinischen Kommission des Weltkomitees, zu einer Hilfsaktion auf den Nachbarplaneten entsandt, gearbeitet hatte.

Ein Klopfen ertönte an der Tür.

»Herein!« rief er.

Die Tür öffnete sich, und ein Roboter glitt herein.

»Ihr Whisky, Sir.«

»Danke, Jenkins«, sagte Webster.

»Der Pfarrer ist gegangen, Sir«, sagte Jenkins.

»Ach ja. Ich nehme an, du hast dich gut um ihn gekümmert.«

»Das habe ich, Sir. Gab ihm die übliche Gebühr und bot ihm etwas zu trinken an. Er lehnte das Getränk ab.«

»Das war ein Umgangsfehler«, erklärte Webster ihm. »Pfarrer trinken nicht.«

»Es tut mir leid, Sir. Das wußte ich nicht. Er bat mich, Sie aufzufordern, mal in die Kirche zu kommen.«

»Hmm?«

»Ich sagte ihm, Sir, daß Sie niemals irgendwohin gehen.«

»Das war richtig so, Jenkins«, sagte Webster. »Keiner von uns geht jemals irgendwohin.«

Jenkins ging auf die Tür zu, hielt an, bevor er sie erreichte, drehte sich um. »Wenn ich so sagen darf, Sir, der Gottesdienst in der Gruft war ergreifend. Ihr Vater war ein guter Mensch, der beste, den es je gab. Die Roboter sagten, daß der Gottesdienst sehr angemessen war. Irgendwie würdevoll, Sir. Wenn er dabeigewesen wäre, hätte es ihm Freude gemacht.«

»Mein Vater«, sagte Webster, »hätte sich sogar noch mehr gefreut, wenn er dich das hätte sagen hören, Jenkins.«

»Danke, Sir«, sagte Jenkins und ging hinaus.

Webster saß dort mit dem Whisky, dem Buch und dem Feuer – er fühlte die Behaglichkeit des wohlbekannten Zimmers ganz tief im Innern, fühlte die Sicherheit, die darin lag.

Das war Heimat. Für die Websters war es Heimat seit dem Tag gewesen, als der erste John J. hierher gekommen war und die ersten Teile des wachsenden Hauses gebaut hatte. John J. hatte den Platz ausgewählt, weil es hier einen Forellenbach gab – jedenfalls sagte er das immer. Aber es war mehr als das. Es muß so gewesen sein, dachte Webster sich, es muß mehr als das gewesen sein.

Oder vielleicht war es zuerst nur der Forellenbach. Der Forellenbach und die Bäume, und die Wiesen und der Felskamm, wo jeden Morgen der Nebel vom Fluß herüberzog. Vielleicht war alles übrige gewachsen, allmählich mit den Jahren gewachsen, mit den Jahren der Vereinigung der Familie, bis schließlich eben diese Erde mit etwas getränkt war, das nahezu – wenn auch nicht ganz – Tradition war. Etwas, das aus jedem Baum, jedem Felsen, jedem Fußbreit Erde einen Webster-Baum, einen Webster-Felsen oder eine Webster-Scholle gemacht hatte. Es gehörte alles zusammen.

John J., der erste John J., war nach dem Zusammenbruch der Städte hierher gekommen; nachdem die Menschen ein für allemal die Zufluchtsorte des zwanzigsten Jahrhunderts aufgegeben hatten. Sie hatten sich freigemacht vom Stammesinstinkt, der sie dazu brachte, gegen einen gemeinsamen Feind oder gegen eine gemeinsame Furcht in einer Höhle oder auf einer Lichtung zusammenzuhalten. Ein Instinkt, der überholt war, denn es gab weder Feinde noch Furcht. Der Mensch erhob sich gegen den Herdeninstinkt, den ihm wirtschaftliche und gesellschaftliche Bedingungen in vergangenen Epochen aufgezwungen hatten. Eine neue Art von Sicherheit und eine neue Art ausreichender Versorgung machte den Aufbruch möglich.

Diese Entwicklung hatte vor langer Zeit im zwanzigsten Jahrhundert begonnen; vor mehr als zweihundert Jahren zogen die Menschen aufs Land, um frische Luft und Bewegungsfreiheit zu bekommen – und eine Lebensqualität, die ihnen das städtische Leben – genaugenommen – nie gegeben hatte.

Und hier war das Endergebnis. Ein ruhiges Leben. Ein Friede, der nur zusammen mit angenehmen Dingen kommen konnte. Die Art zu leben, nach der sich die Menschen seit Jahren gesehnt hatten. Ein herrschaftliches Leben, das auf alten Familienhäusern und beschaulichen Landgütern beruhte, mit Atomenergie und Robotern anstelle der Diener.

Webster lächelte angesichts des Kamins und der flammenden Holzscheite. Das war ein Anachronismus, aber ein positiver – etwas, das die Menschen aus den Höhlen mitgebracht hatten. Unnütz, weil die Atomheizung besser war – aber es war angenehmer. Man konnte nicht vor der Atomkraft sitzen, sich beobachten, träumen, Schlösser bauen und in den Flammen Gestalten sehen, Gesichter.

Genauso die Gruft dort draußen, wo sie seinen Vater an diesem Nachmittag zu Grabe getragen hatten. Auch das war Familie. Alles hing miteinander zusammen. Der düstere Stolz und das müßige Leben und der Friede.

In den alten Zeiten wurden die Toten auf großen Grundstükken alle zusammen begraben, ein Fremder Seite an Seite mit einem Fremden . . .

Er geht niemals irgendwohin.

Das hatte Jenkins dem Pfarrer gesagt.

Und das stimmte so. Denn welchen Zweck hatte es, irgendwohin zu gehen? Es gab hier alles. Man brauchte nur eine Wählscheibe zu drehen und konnte sich von Angesicht zu Angesicht mit jedem gewünschten Gesprächspartner unterhalten, konnte mit den Sinnen, wenn schon nicht körperlich, an jeden gewünschten Ort gehen. Konnte ein Theater besuchen, ein Konzert hören oder in einer Bibliothek auf der anderen Seite des Globus herumschmökern.

Webster trank seinen Whisky und wandte sich dann dem Apparat neben seinem Schreibtisch zu.

Aus dem Gedächtnis drehte er die Scheiben, ohne auf das Verzeichnis zurückzugreifen. Er wußte, wohin er wollte.

Sein Finger legte einen Hebel um, und das Zimmer verschwamm allmählich – oder schien zu verschwimmen. Der Sessel, in dem er saß, blieb übrig, ein Teil des Schreibtischs, ein Teil des Apparats – und das war alles.

Der Sessel stand auf dem Hang eines Hügels, der mit goldenem Gras bedeckt war und auf dem einige dürre, windschiefe Bäume wuchsen. Der Hang erstreckte sich hinunter zu einem See, der sich in die purpurfarbenen Ausläufer des Gebirges schmiegte. Die Berge, durch breite Streifen bläulich-grüner Pinienwälder dunkel gefärbt, stiegen in unregelmäßigen Stufen auf. Sie verschmolzen mit den blaugetönten, schneebedeckten Gipfeln, die hinter und über ihnen wie ein gezacktes Sägeblatt aufragten.

Der Wind fuhr hart durch die geduckten Bäume und zauste das Gras mit jähen Böen. Die letzten Strahlen der Sonne schlugen Feuer aus den weit entfernten Berggipfeln.

Einsamkeit und Größe, die weiten Flächen des geplagten Landes, der romantische See, die messergleichen Schatten der weit entfernten Bergketten.

Webster saß locker in seinem Sessel und blinzelte beim Anblick der Gipfel.

Fast an seiner Schulter sagte eine Stimme: »Darf ich reinkommen?«

Eine weiche, zischende Stimme, ganz und gar nicht menschlich. Aber eine Stimme, die Webster kannte.

Er nickte. »Ich bestehe darauf, Juwain.«

Er drehte sich ein wenig und sah das ausgeklügelte, niedrige Stützgestell und den fellbewachsenen, sanftäugigen Marsianer, der sich darauf kauerte. Fremdartige Möbel verschwammen undeutlich hinter dem Gestell, man konnte das Aussehen der Ausstattung der Marswohnung nur erraten.

Der Marsianer wies mit der pelzigen Hand auf die Gebirgskette.

»Du liebst es«, sagte er. »Du kannst es verstehen. Und ich kann verstehen, wieso du es verstehst; aber für mich birgt es mehr Schrecken als Schönheit. Es ist etwas, da wir auf dem Mars nie haben konnten.«

Webster streckte eine Hand aus, aber der Marsianer bremste seine Bewegung.

»Denk nicht daran«, sagte er. »Ich weiß, warum du hierher gekommen bist. Ich wäre nie zu einer solchen Zeit hierher gekommen, außer vielleicht mit dem Gedanken, daß ein alter Freund . . .«

»Das ist nett von dir«, sagte Webster. »Ich bin froh, daß du gekommen bist.«

»Dein Vater«, sagte Juwain, »war ein großer Mann. Ich erinnere mich, wie du mir während der Jahre, die du auf dem Mars verbracht hast, von ihm erzähltest. Du sagtest damals, du würdest einmal zurückkommen. Wie kommt es, daß du nie zurückgekehrt bist?«

»Nun«, sagte Webster, »ich bin einfach nie . . .«

»Sag's mir nicht«, unterbrach der Marsianer. »Ich weiß es schon.«

»Mein Sohn«, sagte Webster, »geht in wenigen Tagen zum Mars. Ich werde ihn bitten, dich aufzusuchen.«

»Das würde mich freuen«, sagte Juwain. »Ich werde ihn erwarten.«

Unsicher starrte er auf das Stützgestell. »Vielleicht hält er die Tradition aufrecht.«

»Nein«, sagte Webster. »Er studiert Ingenieurwissenschaften. Die Chirurgie hat ihn nie interessiert.«

»Er hat ein Recht darauf«, bemerkte der Marsianer, »sein eigenes Leben zu leben. Dennoch, es muß erlaubt sein, daß man sich etwas wünscht.«

»Das darf man«, stimmte Webster zu. »Aber das ist vorbei und erledigt. Vielleicht wird er einmal ein bedeutender Ingenieur. Raumingenieur. Er spricht von Schiffen, die zu den Sternen fliegen.«

»Vielleicht hat deine Familie genug für die medizinische Wissenschaft getan«, gab der Marsianer zu bedenken. »Du und dein Vater . . .«

»Und dessen Vater vor ihm«, warf Webster ein.

»Dein Buch«, erklärte Juwain, »hat den Mars zu deinem Schuldner gemacht. Es kann erreichen, daß der marsianischen Eigenart mehr Aufmerksamkeit geschenkt wird. Meine Leute sind keine guten Mediziner. Merkwürdig, wie sich der Verstand der Rassen entwickelt. Merkwürdig, daß die Marsianer nie an Medizin gedacht haben. Im Wortsinn nie daran gedacht. Kompensierten diese Notwendigkeit mit einem Kult von Fatalismus. Dagegen gab es selbst in eurer Frühgeschichte, als die Menschen noch in Höhlen lebten . . .«

»Es gibt viele Dinge«, sagte Webster, »an die ihr gedacht habt – und wir nicht. Dinge, bei denen wir uns heute fragen, wie wir je ohne sie auskamen. Fähigkeiten, die ihr entwickelt habt, und die wir nicht besitzen. Nimm nur dein eigenes Spezialgebiet, Philosophie. Sie ist anders als die unsere: eine Wissenschaft; während unsere nie mehr war als geordnetes Tasten. Eure eine systematische, logische Entwicklung der Philosophie, handhabbar, praktisch, anwendbar, ein wirkliches Werkzeug.«

Juwain begann zu sprechen, zögerte, sprach dann weiter. »Ich nähere mich da einer Sache, etwas, das neu und verblüffend sein kann. Etwas, das für Menschen und Marsianer gleichermaßen ein Werkzeug sein kann. Ich habe Jahre daran gearbeitet; ich habe mit bestimmten geistigen Begriffen angefangen, zu denen ich durch die Ankunft der Erdmenschen angeregt wurde. Ich habe nichts davon gesagt, weil ich nicht sicher sein konnte.«

»Und jetzt«, vermutete Webster, »jetzt bist du sicher.«

»Noch nicht ganz«, sagte Juwain, »nicht endgültig. Aber fast.«

Schweigend saßen sie da und beobachteten die Berge und den See. Ein Vogel flog heran, setzte sich in einen der dürren Bäume und zwitscherte. Dunkle Wolken ballten sich hinter den Gebirgsketten zusammen, die schneebedeckten Gipfel ragten wie Grabsteine heraus. Die Sonne versank in einem See von Blutrot und erlosch schließlich wie das Glühen eines heruntergebrannten Feuers.

Es klopfte an einer Tür, und Webster fuhr in seinem Sessel zusammen; plötzlich war er wieder in die Realität des Arbeitszimmers zurückversetzt und fühlte den Sessel unter sich.

Juwain war verschwunden. Der greise Philosoph war gekommen, hatte mit seinem Freund eine Stunde der Besinnung verbracht und war dann leise davongeglitten.

Es klopfte noch einmal.

Webster lehnte sich vor, legte den Schalter um – und die Berge verschwanden; das Zimmer wurde wieder ein Zimmer. Dämmerung fiel durch die hohen Fenster herein, und das Feuer war nur noch ein hellrotes Flackern in der Asche.

»Herein!« sagte Webster.

Jenkins öffnete die Tür. »Das Abendessen ist gedeckt, Sir«, sagte er.

»Danke«, sagte Webster. Langsam erhob er sich aus dem Sessel.

»Ihr Platz, Sir«, sagte Jenkins, »ist von nun an am Ende des Tisches vorbereitet.«

»O ja«, sagte Webster. »Danke, Jenkins. Vielen Dank, daß du mich daran erinnert hast.«

Webster stand an der breiten Rampe des Raumhafens und beobachtete die Rakete, die am Himmel zusammenschrumpfte. Der rote Lichtspeer flackerte schwach durch den winterlichen Sonnenschein.

Noch mehrere Minuten, nachdem die Rakete verschwunden war, stand er da; seine Hände umklammerten die Brüstung vor ihm, seine Augen starrten noch immer in den Himmel.

Seine Lippen bewegten sich und sagten: »Auf Wiedersehen, Sohn.« Aber es war kein Ton zu hören.

Allmählich wurde er sich seiner Umgebung bewußt. Wußte,

das sich Leute rund um die Rampe bewegten; sah, daß das Landefeld sich unendlich zum fernen Horizont zu erstrecken schien, da und dort mit buckligen Gegenständen getupft – den wartenden Raumschiffen. Selbstfahr-Traktoren arbeiteten nahe bei einem Hangar, sie räumten die Reste des Schneefalls der vergangenen Nacht fort.

Webster schauderte und wunderte sich darüber, denn die Mittagssonne war warm. Und er schauderte noch einmal.

Langsam wandte er sich von der Brüstung ab und ging auf das Verwaltungsgebäude zu. Einen schrecklichen Moment lang fühlte er plötzlich Angst – eine unvernünftige und überraschende Angst, die ihn innerlich frösteln ließ, als er seine Füße auf die Tür zu lenkte.

Ein Mann, der eine Aktenmappe in der Hand schwenkte, kam auf ihn zu. Als er ihn sah, wünschte Webster inbrünstig, daß der Mann ihn nicht ansprechen möge.

Der Mann sagte gar nichts, blickte ihn beim Vorbeigehen kaum an, und Webster fühlte sich erleichtert.

Sobald er wieder zu Hause wäre, sagte Webster sich, würde er zu Mittag essen und wäre dann für sein Mittagsschläfchen bereit. Das Feuer würde auf dem Rost lodern, und die Kaminplatten würden das Flackern der Flammen widerspiegeln. Jenkins würde ihm einen Likör bringen und ein oder zwei Worte sagen – unverbindliches Gerede.

Er eilte auf die Tür zu, beschleunigte seine Schritte, ängstlich bemüht, der Kälte der massigen Rampe zu entkommen.

Seltsam, wie er sich wegen Thomas gefühlt hatte. Ganz natürlich hatte er Widerwillen beim Abschied empfinden müssen. Aber es war völlig unnatürlich, daß er in diesen letzten Minuten eine solch schreckliche Angst in sich aufsteigen fühlte. Angst vor der Reise durch den Raum, Angst vor dem fremdartigen Mars – obwohl der Mars kaum noch fremdartig war. Über ein Jahrhundert lang hatten die Menschen ihn nun schon erforscht, gegen ihn gekämpft, mit ihm gelebt; manche von ihnen hatten es sogar so weit gebracht, ihn zu lieben.

Aber nur äußerste Willensanstrengung hatten ihn in diesen letzten Sekunden vor dem Start des Schiffes daran gehindert, auf das Startfeld zu laufen, nach Thomas zu schreien; ihn anzuflehen, zurückzukommen, nicht wegzugehen.

Und das wäre selbstverständlich unvorstellbar gewesen. Es

wäre eine Art seelischer Exhibitionismus gewesen, demütigend und erniedrigend – etwas, das ein Webster nicht tun konnte.

Denn schließlich, so sagte er sich selbst, war eine Reise zum Mars kein großes Abenteuer, jedenfalls jetzt nicht mehr. Es gab eine Zeit, da war sie es noch, aber diese Zeit war unwiderruflich vorüber. Er selbst hatte in jungen Jahren eine Reise zum Mars gemacht, war dort fünf lange Jahre geblieben. Das war schon – er atmete schwer, als er daran dachte –, das war schon fast dreißig Jahre her.

Das Murmeln und Summen der Halle schlug ihm entgegen, als der Robot-Angestellte ihm die Tür öffnete; in dieses Gemurmel mischte sich ein Klang, der fast so etwas wie Entsetzen hervorrief. Einen Moment lang zögerte er, dann trat er ein. Sanft schloß sich die Tür hinter ihm.

Er blieb nahe an der Wand, um den Leuten nicht im Wege zu sein, und ging auf einen Sessel in einer Ecke zu. Er setzte sich und ließ sich zurücksinken, zwang seinen Körper tief in die Kissen hinein und beobachtete das quirlige Treiben der Menschen, die durch den Raum sprudelten.

Laute Leute, eilige Leute, Leute mit fremden, ungewöhnlichen Gesichtern. Fremde – jeder von ihnen. Kein Gesicht, das er kannte. Leute, die verreisten. Die auf die Planeten wollten. Ängstlich darauf bedacht, wegzukommen. Besorgt wegen der letzten Einzelheiten. Hin und her hastend.

Aus der Menge tauchte ein vertrautes Gesicht auf. Webster lehnte sich nach vorn.

»Jenkins!« rief er und bedauerte sofort die laute Äußerung, obwohl niemand sie bemerkt zu haben schien.

Der Roboter bewegte sich auf ihn zu, stand vor ihm.

»Richte Raymond aus«, sagte Webster, »daß ich unverzüglich zurückkehren muß. Trage ihm auf, den Copter sofort zu holen.«

»Es tut mir leid, Sir«, sagte Jenkins, »aber wir können nicht sofort weg. Die Mechaniker haben einen Defekt in der nuklearen Brennkammer entdeckt. Sie installieren gerade eine neue. Es wird mehrere Stunden dauern.«

»Sicher konnte das noch warten«, meinte Webster ungeduldig.

»Der Mechaniker bestritt das, Sir«, sagte Jenkins. »Sie könnte jede Minute hochgehen. Die ganze Energie . . .«

»Ja, ja«, stimmte Webster ungeduldig zu. »Ich glaube das schon. Er muß es schließlich wissen.«

Unruhig spielte er mit seinem Hut. »Mir fällt gerade ein«, sagte er, »daß ich noch etwas zu erledigen habe. Etwas, das sofort erledigt werden muß. Ich muß nach Hause. Ich kann nicht ein paar Stunden warten.«

Er rückte auf die Sesselkante, seine Augen starrten auf die quirlende Menge.

Gesichter . . . Gesichter . . .

»Vielleicht können Sie per Televisor Bescheid sagen«, schlug Jenkins vor. »Einer der Roboter könnte es erledigen. Da ist eine Zelle . . .«

»Warte, Jenkins«, sagte Webster. Er zögerte einen Augenblick. »Zu Hause gibt es nichts zu erledigen. Überhaupt nichts. Aber ich muß hin. Ich kann hier nicht bleiben. Wenn ich hier bleiben muß, werde ich wahnsinnig. Draußen auf der Rampe hatte ich Angst. Hier bin ich völlig durcheinander. Ich habe ein Gefühl – ein merkwürdiges, schreckliches Gefühl. Jenkins, ich . . .«

»Ich verstehe, Sir«, sagte Jenkins. »Ihr Vater hatte es auch.«

Webster keuchte. »Mein Vater?«

»Jawohl, Sir, deshalb ist er nie irgendwohin gegangen. Er war etwa in ihrem Alter, Sir, als er es herausfand. Er versuchte eine Reise nach Europa zu unternehmen – und konnte es nicht. Er war auf halbem Wege und kehrte wieder um. Er hatte einen Namen dafür.«

Webster saß in verblüfftem Schweigen.

»Einen Namen dafür«, sagte er schließlich. »Selbstverständlich gibt es einen Namen dafür. Mein Vater hatte es. Mein Großvater – hatte er es auch?«

»Das kann ich nicht wissen, Sir«, sagte Jenkins. »Ich wurde erst geschaffen, als Ihr Großvater schon älter war. Aber er könnte es gehabt haben. Er ging auch nirgendwohin.«

»Dann verstehst du es«, sagte Webster. »Du weißt, wie es ist. Ich fühle mich, als ob ich krank würde – körperlich krank. Sieh, ob du einen Copter mieten kannst – irgend etwas, nur damit wir nach Hause können.«

»Jawohl, Sir«, sagte Jenkins.

Er war schon im Weggehen, aber Webster rief ihn zurück.

»Jenkins, weiß sonst noch jemand davon. Jemand . . .«

»Nein, Sir«, sagte Jenkins. »Ihr Vater hat es nie erwähnt. Und irgendwie fühlte ich, daß ich es auch nicht erwähnen sollte.«

»Danke, Jenkins«, sagte Webster.

Webster lehnte sich wieder tief in den Sessel zurück, er fühlte sich verzweifelt, einsam und deplaciert. Einsam in einer summenden Halle, die vor Leben pulsierte – eine Einsamkeit, die an ihm zerrte, die ihn haltlos und schwach machte.

Heimweh. Dort drin in dir, sagte er sich, schamloses Heimweh. Etwas, das gewöhnlich kleine Jungen empfinden, wenn sie zum erstenmal das Zuhause verlassen, wenn sie zum erstenmal nach draußen gehen, um der Welt zu begegnen.

Es gab ein komisches Wort dafür: Agoraphobie, die krankhafte Angst, inmitten offener Plätze zu sein; aus dem Griechischen, wörtlich: ›Die Angst vor dem Marktplatz‹.

Wenn er den Raum zur Televisor-Zelle durchquerte, könnte er ein Gespräch anmelden, mit seiner Mutter oder mit einem der Roboter sprechen; oder besser noch – einfach sitzen bleiben, den Raum anschauen, bis Jenkins wieder zu ihm kam.

Er versuchte aufzustehen, sank aber wieder zurück in den Sessel. Es hatte keinen Sinn. Einfach mit jemandem zu sprechen oder die vertraute Umgebung anzusehen, war nicht das gleiche wie dort zu sein. Er konnte die Pinien in der Winterluft nicht riechen; oder das vertraute Knirschen des Schnees unter seinen Füßen hören; oder seine Hand ausstrecken und eine der mächtigen Eichen berühren, die längs des Pfads wuchsen. Er konnte die Hitze des Feuers nicht fühlen; er konnte das Sicherheit verleihende Gefühl des Dazugehörens, des Einsseins mit einem Landstrich und den Dingen darauf nicht spüren.

Und doch – vielleicht würde es helfen. Nicht viel, möglicherweise, aber etwas. Er erhob sich zögernd aus dem Sessel und fröstelte. Die wenigen kurzen Schritte zu der Zelle überschwemmten ihn mit Schrecken, einem fürchterlichen, überwältigenden Schrecken. Wenn er hinüber wollte, mußte er rennen. Rennen: um den Blicken zu entfliehen, den unvertrauten Lauten, der qualvollen Nähe fremder Gesichter.

Abrupt setzte er sich hin.

Die schrille Stimme einer Frau tönte schneidend durch die Halle, und er zuckte vor ihr zurück. Er fühlte sich schrecklich. Wie in der Hölle. Er wünschte, Jenkins würde schneller machen.

Der erste Hauch des Frühlings kam durchs Fenster und füllte das Arbeitszimmer mit der Verheißung schmelzenden Schnees, wachsender Blätter und Blumen; er verhieß Wasservögel, die keilförmig von Norden her durch den blauen Himmel zogen, und Forellen, die in den Teichen auf Fliegen lauerten.

Webster hob die Augen von dem Papierbündel auf seinem Schreibtisch, schnupperte den Windhauch und fühlte sein kühles Flüstern im Gesicht. Er streckte seine Hand nach dem Weinbrandglas aus, fand es leer vor und stellte es wieder zurück.

Er beugte sich wieder über die Papiere, nahm einen Bleistift und strich ein Wort durch.

Kritisch las er die letzten Absätze:

Die Tatsache, daß von den zweihundertundvierzig Menschen, die zu einem Besuch bei mir eingeladen waren – vorwiegend mit Anliegen, die mehr als nur normale Bedeutung hatten –, nur drei kommen konnten, beweist nicht notwendigerweise, daß bis auf diese drei alle Opfer der Agoraphobie sind. Einige mögen verständliche Gründe dafür gehabt haben, daß sie nicht in der Lage waren, meine Einladung anzunehmen. Aber es weist doch auf folgendes hin: Menschen, die mit der Daseinsweise leben, die sich nach dem Zusammenbruch der Städte einbürgerte, sind mehr und mehr abgeneigt, die vertraute Umgebung zu verlassen. Ihr instinktiver Wunsch, in der Umgebung und inmitten der Besitztümer zu bleiben, die sie im Innern mit Zufriedenheit und Annehmlichkeit gleichsetzen, hat sich vertieft.

Wie das Ergebnis einer solchen Entwicklung sein wird, kann niemand völlig klar vorhersehen; denn sie betrifft nur einen kleinen Teil der Erdbevölkerung. Bei den größeren Familien zwingt wirtschaftlicher Druck dazu, daß einige der Söhne ihr Glück entweder in anderen Regionen der Erde oder auf einem der anderen Planeten suchen. Viele andere suchen freiwillig Abenteuer und Glück im Weltraum, während wieder andere Berufe ergreifen, die ein seßhaftes Leben unmöglich machen.

Er blätterte die Seite um und machte sich an die nächste. Es war ein guter Aufsatz, das wußte er, aber er konnte nicht veröffentlicht werden, jetzt noch nicht. Vielleicht nach seinem Tod. Niemand, soweit er überblicken konnte, hatte je so klar die Entwicklung verstanden; niemand hatte die Tatsache, daß die Menschen selten ihr Haus verlassen, für irgendwelche Überlegungen zum Anlaß genommen. Warum sollten denn die Menschen ihre Häuser verlassen?

Gewisse Gefahren mögen in . . .

Der Televisor summte neben ihm, und er streckte die Hand zum Schalter aus.

Das Zimmer verschwamm, und er befand sich einem Mann gegenüber, der hinter einem Schreibtisch saß; fast so, als säße er auf der anderen Seite von Websters Schreibtisch. Ein grauhaariger Mann mit traurigen Augen hinter dicken Brillengläsern.

Einen Augenblick lang starrte Webster, in seinem Gedächtnis regte sich etwas.

»Könnte es . . .?« fragte er, und der Mann lächelte ernst.

»Ich habe mich verändert«, sagte er. »Und Sie auch. Mein Name ist Clayborne. Erinnern Sie sich? Die marsianische Medizinische Kommission . . .«

»Clayborne! Ich habe oft an Sie gedacht. Sie sind auf dem Mars geblieben.«

Clayborne nickte. »Ich habe Ihr Buch gelsen, Doktor. Ein sehr wichtiger Beitrag. Ich habe oft daran gedacht, selbst eins zu schreiben, aber ich hatte keine Zeit dazu. Wie auch immer, ich hab's nicht getan. Sie haben's besser gemacht. Vor allem die Abschnitte übers Gehirn.«

»Das marsianische Gehirn«, sagte Webster zu ihm, »hat mich immer fasziniert. Gewisse Besonderheiten. Ich fürchte, ich habe von den fünf Jahren mehr Zeit als ich sollte damit verbracht, Aufzeichnungen darüber zu machen. Es gab andere Arbeit zu tun.«

»Sie haben gute Arbeit geleistet«, sagte Clayborne. »Deshalb rufe ich Sie jetzt auch an. Ich habe einen Patienten – eine Gehirnoperation. Nur Sie können sie ausführen.«

Webster schluckte, seine Hände zitterten. »Bringen Sie ihn hierher?«

Clayborne schüttelte den Kopf. »Er kann nicht transportiert werden. Sie kennen ihn, glaube ich. Juwain, der Philosoph.«

»Juwain!« stieß Webster hervor. »Er ist einer meiner besten Freunde. Noch vor wenigen Tagen haben wir miteinander gesprochen.«

»Der Anfall kam plötzlich«, sagte Clayborne. »Er hat nach Ihnen gefragt.«

Webster schwieg, ihm wurde kalt – eine frostige Kälte, die von einer unbekannten Stelle aus an ihm hochkroch. Eine Kälte, die den Schweiß auf seine Stirn trieb und seine Fäuste zusammenballte.

»Wenn Sie umgehend starten«, sagte Clayborne, »können Sie rechtzeitig hier sein. Ich habe mit dem Welt-Komitee schon arrangiert, daß Sie sofort ein Schiff zu Ihrer Verfügung haben können. Größte Eile ist freilich vonnöten.«

»Aber ich«, sagte Webster gequält, »ich . . . kann nicht kommen.«

»Sie können nicht kommen?!«

»Es ist unmöglich«, sagte Webster. »Ich bezweifle auf jeden Fall, daß meine Anwesenheit nötig ist. Sicher könnten Sie selbst . . .«

»Ich kann es nicht«, sagte Clayborne. »Keiner kann es außer Ihnen. Kein anderer hat die Kenntnisse. Juwains Leben liegt in Ihren Händen. Wenn Sie kommen, lebt er. Wenn Sie nicht kommen, stirbt er.«

»Ich kann nicht in den Weltraum«, sagte Webster.

»Jeder kann in den Weltraum«, stieß Clayborne hervor. »Es ist nicht mehr wie früher einmal. Jede gewünschte Konditionierung ist möglich.«

»Aber Sie verstehen nicht«, bat Webster. »Sie . . .«

»Nein, ich verstehe nicht«, sagte Clayborne. »Um ganz offen zu sein, ich verstehe es nicht, wenn jemand es ablehnt, das Leben seines Freundes zu retten . . .«

Die beiden Männer starrten sich einen langen Augenblick an, keiner von beiden sagte etwas.

»Ich werde dem Komitee sagen, es soll das Schiff direkt zu Ihrem Haus schicken«, sagte Clayborne schließlich. »Ich hoffe, bis dahin werden Sie bereit sein, zu kommen.«

Clayborne verschwand, und die Wand wurde wieder sichtbar – die Wand und die Bücher, die Gemälde und der Kamin, die hochgeschätzten Möbel, die Verheißung des Frühlings, der durchs offene Fenster kam.

Webster saß erstarrt in seinem Sessel und starrte auf die gegenüberliegende Wand.

Juwain, das fellbewachsene, runzlige Gesicht, das zischende Flüstern, die Freundlichkeit und das Veständnis, die ihm eigen waren. Juwain – wie er nach dem Stoff griff, aus dem die Träume sind, und ihn formte: zu Logik, zu Lebens- und Verhaltensregeln. Juwain – wie er die Philosophie als Werkzeug benutzte, als Wissenschaft, als Stufen zu einem besseren Leben.

Webster ließ sein Gesicht in die Hände sinken und kämpfte gegen den furchtbaren Schmerz an, der in ihm aufstieg.

Clayborne hatte es nicht verstanden. Man konnte nicht erwarten, daß er es verstand, denn wie sollte er es wissen? Und selbst, wenn er es wüßte, würde er es dann verstehen? Auch er selbst, Webster, hätte es bei einem anderen nicht verstanden, bevor er es bei sich selbst entdeckt hatte: die schreckliche Angst davor, den eigenen Kamin, das eigene Land, die eigenen Besitztümer und die kleinen selbsterrichteten Symbole zu verlassen. Und nicht nur er selbst, sondern ebenso alle anderen Websters. Angefangen mit dem ersten John J. hatten Männer und Frauen einen Kult des Lebens, eine Tradition der Verhaltensweisen aufgebaut.

Er, Jerome A. Webster, war als junger Mann zum Mars gegangen und hatte das psychologische Gift, das durch seine Adern floß, nicht gefühlt und auch nicht vermutet. Selbst nicht, als Thomas vor einigen Monaten zum Mars ging. Aber ein dreißig Jahre währendes beschauliches Leben in dem Zufluchtsort, den die Webster ein Zuhause nannten, hatte es entwickelt, ohne daß er selbst es überhaupt bemerkt hatte. Tatsächlich hatte es gar keine Gelegenheit dazu gegeben.

Es war offensichtlich, wie es sich entwickelt hatte – jetzt war es glasklar. Gewohnheit und Denkmuster und die Gleichsetzung von Glück mit bestimmten Dingen – Dinge, die selbst keinen tatsächlichen Wert darstellten, denen aber ein Wert beigemessen wurde; denen eine Familie durch fünf Generationen hindurch einen definitiven, konkreten Wert zugeschrieben hatte.

Kein Wunder, daß andere Orte fremdartig erschienen; kein Wunder, daß anderen Horizonten die Andeutung von Schrecken innewohnte.

Und es gab nichts, was er dagegen tun konnte – nichts; das heißt: außer man fällte jeden Baum, brannte das Haus nieder und änderte den Lauf der Bäche und Flüsse. Selbst das mochte nicht ausreichen – selbst das . . .

Der Televisor surrte, Webster hob den Kopf aus seinen Händen, streckte die Hand aus und betätigte den Kippschalter. Ein weißlicher Farbton erschien, aber es tauchte kein Bild auf. Eine Stimme sagte: »Geheimer Anruf. Geheimer Anruf.«

Webster schob eine Konsole des Apparats zurück, drehte einige Scheiben, hörte das Summen der Energie, die einen Schirm errichtete, durch den das Zimmer nach außen blockiert wurde.

»Geheimschaltung steht«, sagte er.

Das weiße Schimmern verschwand schlagartig, und ein Mann saß ihm gegenüber am Schreibtisch. Ein Mann, den er vorher viele Male in Televisor-Übertragungen und in den Tageszeitungen gesehen hatte.

Henderson, Präsident des Welt-Komitees.

»Ich habe einen Anruf von Clayborne erhalten«, sagte Henderson.

Webster nickte wortlos.

»Er sagte mir, Sie lehnten es ab, zum Mars zu gehen.«

»Ich habe es nicht abgelehnt«, sagte Webster. »Als Clayborne sich ausschaltete, war diese Frage offengeblieben. Ich sagte ihm, es wäre mir unmöglich, zum Mars zu gehen, aber er bestritt das, schien es nicht zu verstehen.«

»Webster, Sie müssen gehen«, sagte Henderson. »Sie sind der einzige Mensch, der die erforderlichen Kenntnisse des marsianischen Gehirns besitzt, um diese Operation durchzuführen. Wenn es sich um eine einfache Operation handelte, könnte es vielleicht jemand anders tun. Aber das ist nicht der Fall.«

»Das mag stimmen«, sagte Webster, »aber . . .«

»Es geht nicht nur darum, ein Leben zu retten«, unterbrach ihn Henderson. »Auch wenn es sich um das Leben einer so bedeutenden Persönlichkeit wie Juwain handelt. Es geht um mehr. Juwain ist ein Freund von Ihnen, vielleicht hat er Ihnen etwas über seine Entdeckung angedeutet.«

»Ja«, sagte Webster, »ja, das hat er getan. Ein neues philosophisches Konzept.«

»Ein Konzept«, erklärte Henderson, »ohne das wir nicht auskommen werden. Ein Konzept, das das Sonnensystem völlig verändern wird, das die Menschheit innerhalb von zwei Generationen hunderttausend Jahre vorwärtsbringt. Eine neue Sinngebung, die ein Ziel ansteuert, das wir bisher nicht erahnen konnten, von dessen Existenz wir nicht einmal wußten. Eine völlig neue Wahrheit. Eine Wahrheit, auf die bislang noch nie jemand gestoßen ist.«

Websters Hände krampften sich um die Schreibtischkante, bis die Knöchel weiß hervortraten.

»Wenn Juwain stirbt«, sagte Henderson, »stirbt dieses Konzept mit ihm. Vielleicht geht es für alle Zeit verloren.«

»Ich werde es versuchen«, sagte Webster. »Ich werde es versuchen . . .«

Hendersons Blick war eisig: »Ist das alles, was Sie tun können?«

»Das ist das einzige«, sagte Webster.

»Aber, Mann, Sie müssen einen Grund haben. Eine Erklärung.«

»Keine, die ich Ihnen geben möchte«, sagte Webster.

Bedächtig griff er zum Schalter und kippte ihn auf »Aus«.

Webster saß am Schreibtisch, hielt die Hände vor sich und betrachtete sie. Kunstfertige Hände, die Kenntnisse enthielten. Hände, die ein Leben retten konnten, wenn er es schaffte, sie zum Mars zu bringen.

Hände, die für das Sonnensystem, für die Menschheit, für die Marsianer eine Idee bewahren konnten, eine neue Idee, die sie innerhalb von zwei Generationen hunderttausend Jahre vorwärtsbringen würde.

Aber auch Hände, die von einer Phobie gefesselt waren, die aus diesem ruhigen Leben erwachsen war. Dekadenz – eine seltsam schöne und zugleich tödliche Dekadenz.

Der Mensch hatte die überfüllten Städte, die Zufluchtsorte, vor zweihundert Jahren verlassen. Er hatte mit den alten Feinden und den vergangenen Ängsten, die ihn an das Lagerfeuer banden, Schluß gemacht. Er hatte die Gespenster zurückgelassen, die ihn seit der Zeit der Höhlen begleitet hatten.

Und doch . . .

Hier war eine neue Zuflucht. Keine Zuflucht für den Körper, aber eine für den Geist. Ein psychologisches Lagerfeuer, das einen Menschen innerhalb seines Lichtkreises festhielt.

Dennoch wußte Webster, daß er dieses Feuer verlassen mußte. Wie es die Menschen vor zwei Jahrhunderten mit den Städten getan hatten, mußte er weggehen und es verlassen. Und er dürfte nicht zurückschauen.

Er mußte zum Mars gehen – oder zumindest zum Mars starten. Es gab überhaupt keinen Zweifel. Er mußte gehen.

Ob er die Reise überlebte, ob er, einmal angekommen, die Operation durchführen konnte: Er wußte es nicht. Er fragte sich, ob Agoraphobie tödlich sein konnte. Vermutlich könnte sie es in ihrer ausgeprägtesten Form.

Seine Hand griff zur Klingel, dann zögerte er. Es hatte keinen Zweck, Jenkins mit dem Packen zu beauftragen. Er würde es selbst tun – das würde ihn bis zur Ankunft des Schiffes beschäftigen.

Aus dem obersten Regal des Garderobenschranks im Schlafzimmer holte er eine Tasche und bemerkte, daß sie staubbedeckt war. Er blies, aber der Staub blieb immer noch haften. Er befand sich schon zu viele Jahre dort.

Während er packte, stritt das Zimmer mit ihm; es sprach mit sich in der stummen Sprache, in der sich leblose, aber vertraute Gegenstände mit einem Menschen unterhalten können.

»Du kannst nicht gehen«, sagte das Zimmer. »Du kannst nicht gehen und mich verlassen.«

Und Webster ließ sich in diese Diskussion ein, halb bittend, halb erklärend. »Ich muß gehen. Kannst du das nicht verstehen? Es handelt sich um einen Freund, einen alten Freund. Ich werde zurückkehren.«

Als er mit Packen fertig war, ging Webster ins Arbeitszimmer zurück und sank in seinen Sessel.

Er mußte gehen – aber er konnte es nicht. Aber sobald das Schiff ankam, wenn die Zeit gekommen war, das wußte er, würde er aus dem Haus und auf das wartende Schiff zugehen.

Er versteifte seine Gedanken darauf, versuchte sie in ein striktes Schema zu bringen, versuchte alles, außer dem Gedanken, daß er gehen würde, auszulöschen.

Die Gegenstände im Zimmer drangen in sein Hirn ein, als wären sie Teil einer Verschwörung, um ihn hier zu halten. Gegenstände, die er so sah, als sähe er sie zum erstenmal. Alte, wohlbekannte Gegenstände, die plötzlich neu waren. Die Uhr, die Erd- und Marszeit, die Mondtage und die Mondphasen anzeigte. Das Bild seiner verstorbenen Frau auf dem Schreibtisch. Die Auszeichnung, die er beim Präparationskurs gewonnen hatte. Die eingerahmte kurze Getränkerechnung, die ihn auf seiner Reise zum Mars zehn Dollar gekostet hatte.

Er starrte sie an, zuerst fast gegen seinen Willen, dann geradezu begierig, und rief die Erinnerungen an sie wach. Jetzt sah er sie als einzelne Bestandteile eines Zimmers, das er all die Jahre als geschlossenes Ganzes wahrgenommen hatte; er hatte sich nie klargemacht, welche Vielfalt von Gegenständen es zu dem machten, was es war.

Die Dämmerung kam, die Dämmerung des jungen Frühlings, eine Dämmerung, die nach jungen Weidenkätzchen roch.

Das Schiff hätte schon längst eintreffen müssen. Er ertappte sich selbst dabei, wie er nach ihm lauschte, auch dann noch, als er sich klarmachte, daß er es nicht hören würde. Ein Schiff mit Atomantrieb war stumm, außer wenn es beschleunigte. Bei Start und Landung bewegte es sich so sanft wie Watte, ohne einen Laut.

Es würde bald hier sein. Es mußte bald hier sein, sonst könnte er niemals gehen. Wenn er noch länger warten mußte, das wußte er, würde sein hochgestimmter Entschluß wie ein Staubhügel in einem Regenguß zusammenschrumpfen. Er konnte seine Absicht nicht mehr länger aufrechterhalten – gegen das Flehen des Zimmers, gegen das Flackern des Feuers, gegen das Wispern des Lands, auf dem fünf Generationen von Websters ihr Leben gelebt hatten und gestorben waren.

Er schloß die Augen und kämpfte die Angst nieder, die durch seinen Körper kroch. Er durfte jetzt nicht von ihr überwältigt werden, sagte er sich. Er mußte durchhalten. Wenn das Schiff ankam, mußte er noch in der Lage sein, aufzustehen und durch die Tür zum Startplatz zu gehen.

Es klopfte an der Tür.

»Herein«, rief Webster.

Es war Jenkins; das Licht vom Kamin flackerte auf seiner glänzenden Metallhaut.

»Haben Sie vorher schon einmal gerufen, Sir?« fragte er.

Webster schüttelte den Kopf.

»Ich fürchtete schon, sie hätten gerufen«, erklärte Jenkins, »und sich gewundert, warum ich nicht käme. Etwas wirklich Außergewöhnliches ist passiert, Sir. Zwei Männer kamen mit einem Schiff und sagten, sie wollten Sie zum Mars bringen.«

»Sie sind da«, sagte Webster. »Warum hast du mir nicht Bescheid gegeben?«

Er stand mühsam auf.

»Ich habe nicht geglaubt, Sir«, sagte Jenkins, »daß Sie gestört werden wollten. Das schien doch zu unsinnig. Ich habe ihnen schließlich klargemacht, daß Sie unmöglich zum Mars gehen wollten.«

Webster erstarrte, fühlte, wie Angst sich seines Herzens bemächtigte. Seine Hände klammerten sich um die Schreibtischkante; er sank in seinen Sessel, spürte, wie sich die Wände des Zimmers um ihn zusammenschlossen – eine Falle, die ihn niemals mehr entkommen lassen würde.

Aus dem Amerikanischen übersetzt von Bernd W. Holzrichter.

FREDERIC BROWN

Arena

Carson öffnete die Augen und blickte hinauf in das flimmernde blaue Dämmerlicht.

Es war heiß. Ein spitzer Stein, der aus dem Sand ragte, auf dem er lag, bohrte sich schmerzhaft in seinen Rücken. Er rollte sich auf die Seite, herunter von dem Stein, und richtete sich in eine sitzende Position auf.

»Ich muß verrückt sein«, dachte er, »verrückt – oder tot – oder sonst etwas.« Der Sand war blau, strahlend blau. Und so etwas wie blauen Sand gab es nicht, weder auf der Erde, noch auf irgendeinem Planeten.

Blauer Sand.

Blauer Sand unter einer blauen Kuppel, die nicht der Himmel war, oder sonst ein Raum, und doch irgendwie begrenzt – er wußte einfach, daß sie begrenzt und endlich war, auch wenn er ihren höchsten Punkt nicht erkennen konnte.

Er nahm etwas Sand in seine Hand und ließ ihn durch die Finger rinnen. Er rieselte auf sein nacktes Bein hinunter.

Nackt?!

Er war völlig nackt, und da, wo die zermürbende Hitze den Schweiß aus seinem Körper getrieben hatte, war er mit dem blauen Sand bedeckt.

Ansonsten hatte sein Körper die gewohnte bleiche Farbe.

Er dachte: Dann ist der Sand wirklich blau. Wenn er nur blau erschiene durch das blaue Licht, müßte ich genauso blau aussehen. Aber ich bin weiß. Also ist der Sand blau. *Blauer Sand.* Aber es gibt keinen blauen Sand! Es gibt überhaupt keinen Ort, der so aussieht wie der, an dem ich mich hier befinde.

Der Schweiß lief ihm in die Augen.

Es war heiß, heißer als in der Hölle. Auch war allgemein bekannt, daß die Hölle, von der die Überlieferung erzählte, rot war und nicht blau. Aber wenn dieser Ort nicht die Hölle war, was war er dann? Der einzige Planet, auf dem eine solche Hitze herrschte, war Merkur. Aber Merkur war vier Milliarden Meilen entfernt von . . .

Da dämmerte es ihm, wo er zuletzt gewesen war. In einem kleinen Ein-Mann-Aufklärer, außerhalb der Umlaufbahn Plutos. Ein vorgeschobener Posten vor dem einen Flügel der Armada der Erde, die dort aufmarschiert war, um den Angriff der *Outsider* abzufangen. Plötzlich ertönte das durchdringende, nervenzermürbende Schrillen der Alarmglocke, als ein feindlicher Aufklärer – ein Outsider-Schiff – in die Reichweite seiner Ortungsgeräte geraten war . . .

Niemand wußte, wer die Outsider waren, wie sie aussahen oder aus welcher Galaxis sie stammten. Man vermutete, daß sie ungefähr aus der Richtung der Plejaden kamen.

Zuerst hatte es sporadische Überfälle auf Kolonien und Vorposten der Erde gegeben. Vereinzelte Gefechte zwischen irdischen Patrouillen und kleinen Gruppen von Outsider-Kampfschiffen. Manchmal wurden diese Gefechte verloren, manchmal gewonnen, aber niemals war es gelungen, ein feindliches Schiff zu erbeuten. Auch hatte nie ein Bewohner einer überfallenen Kolonie überlebt, so daß er die Outsider hätte beschreiben können.

Am Anfang stellte dies alle keine zu ernste Bedrohung dar. Denn die Überfälle waren nicht sehr häufig und hatten auch keinen unerträglichen Schaden angerichtet. Es hatte sich erwiesen, daß die Schiffe in der Bewaffnung den irdischen leicht unterlegen waren, jedenfalls den besten irdischen Kriegsschiffen. Dafür waren die feindlichen Schiffe überlegen, was die Geschwindigkeit und die Manövrierfähigkeit betraf. Sie waren genau um so viel schneller, daß sie jeweils die Wahl hatten, ob sie flüchten oder den Kampf aufnehmen wollten. Dennoch hatte sich die Erde auf den Ernstfall vorbereitet, auf die Entscheidungsschlacht; dafür hatte sie die mächtigste Armada aller Zeiten aufgebaut. Diese Armada hatte lange genug abgewartet, aber jetzt war die Stunde der Entscheidung gekommen.

Späher, die zwanzig Milliarden Meilen entfernt im Raum stationiert waren, hatten das Herannahen einer mächtigen Flotte gemeldet, der Armada der Outsider. Die Späher waren nie zur Erde zurückgekehrt, aber ihre Meldungen waren angekommen. Und nun formierte sich die Armada der Erde hier draußen, zehntausend Schiffe und fünfhunderttausend Mann. Außerhalb der Umlaufbahn Plutos waren sie in Stellung gegangen, bereit, die Schlacht auf Leben und Tod auszufechten.

Eine ausgewogene Schlacht würde es werden, wenn man den Berichten der Männer aus der Vorpostenlinie Glauben schenken durfte; für diese Berichte hatten jene Männer ihr Leben gegeben.

Stärke und Anzahl der feindlichen Schiffe kam der der Erde gleich. Die Herrschaft über das Sonnensystem hing vom Ausgang dieser Schlacht ab. Wenn die irdische Armada verlieren würde, waren die Erde und alle ihre Kolonien den Outsidern schutzlos preisgegeben . . .

Ja, jetzt erinnerte sich Bob Carson wieder.

Nicht daß dies alles den flimmernden blauen Sand erklärte. Aber doch das durchdringende Läuten der Alarmglocke und seinen Sprung an die Kontrolltafel. Ihm fiel ein, wie er sich hastig im Sitz festschnallte. Der Punkt auf dem Bildschirm, der größer wurde.

Die Dürre in seiner Kehle. Das schreckliche Bewußtsein, daß dies der Augenblick war. Für ihn jedenfalls, die Hauptflotten waren voneinander noch außer Reichweite.

Dies war also der Geschmack des Krieges. Innerhalb von drei Sekunden war er entweder siegreich – oder ein verkohlter Klumpen. Tot.

Drei Sekunden, das war die Zeitspanne, die ein Weltraumgefecht dauerte. Genug Zeit, um langsam bis drei zu zählen, und dann hatte man gewonnen oder man war tot. Ein Treffer genügte völlig für ein leichtes Ein-Mann-Schiff wie dieser Aufklärer.

Während seine Lippen unbewußt das Wort Eins formten, arbeitete er krampfhaft an den Kontrollknöpfen, um den Punkt im Zentrum des Spinnennetzes auf seinem Bildschirm zu halten. Damit waren seine Hände beschäftigt, während sein rechter Fuß über dem Pedal schwebte, das den Blitzschlag auslösen würde. Dieser einzige Schlag konzentrierter Hölle mußte genau ins Ziel treffen, sonst . . . Für einen zweiten Schuß würde keine Zeit mehr sein.

»Zwei!« Auch daß er das gesagt hatte, wußte er nicht. Der Punkt auf dem Bildschirm war jetzt kein Punkt mehr. Nur noch ein paar tausend Meilen entfernt, zeigte er sich durch die Vergrößerung des Bildschirms, als sei er nur ein paar hundert Meter weit weg. Es war ein kleiner schlanker Aufklärer, ungefähr so groß wie sein eigener.

Ein feindliches Schiff, ganz eindeutig.

»Drei ...« Sein Fuß berührte das Auslösepedal ...

Da schwenkte der Outsider plötzlich ab, glitt aus dem Fadenkreuz. Hastig betätigte Carson die Kontrollknöpfe, versuchte dranzubleiben.

Eine Zehntelsekunde lang war das Schiff völlig vom Bildschirm verschwunden, und dann, als der Bug seines Aufklärers herumgeschwungen war, sah er es wieder, wie es gerade auf den Boden hinabschoß.

Den Boden?

Dies war irgendein Trugbild. Es mußte eines sein, dieser Planet oder was immer da seinen Bildschirm bedeckte. Was es auch war, es konnte gar nicht da sein. Das war unmöglich. Der nächste Planet war Pluto, Neptun war auf der anderen Seite der Sonne, Welten entfernt. Seine Detektoren! Sie hatten kein Objekt angezeigt von den Ausmaßen eines Asteroiden, geschweige denn eines Planeten, wie er ihn nun vor sich sah. Und sie taten es noch immer nicht.

Also konnte das gar nicht da sein, auf was er jetzt zustürzte, das nur noch ein paar hundert Meilen entfernt schien.

In seiner plötzlichen Angst vor einem Aufschlag vergaß er sogar das Outsiderschiff. Er zündete die vorderen Bremsraketen, und noch während der heftige Ruck ihn nach vorn in die Gurte warf, zündete er die rechten Steuerraketen für eine Notwende. Er hielt die Zündknöpfe fest heruntergedrückt, er wußte, daß er alles aufbieten mußte, um den Aufschlag zu verhindern, und daß der heftige Richtungswechsel ihn für kurze Zeit besinnungslos machen würde.

Er machte ihn besinnungslos.

Tja, das war alles. Und nun saß er in diesem blauen Sand, splitternackt, aber ansonsten unversehrt. Kein Anzeichen von einem Raumschiff und nichts zu sehen vom Weltraum. Die Kuppel über ihm war kein Himmel, was sie auch sonst sein mochte.

Er richtete sich unbeholfen auf.

Die Schwerkraft schien ein bißchen stärker als auf der Erde zu sein, nicht viel allerdings.

Ebener Sand erstreckte sich zu allen Seiten, da und dort standen ein paar dünne Büsche. Auch die Büsche waren blau, doch variierten sie im Farbton, manche waren heller als der Sand, manche dunkler.

Unter dem nächstgelegenen Busch huschte ein kleines Etwas hervor, das einer Eidechse ähnelte, nur daß es mehr als vier Beine hatte. Auch sie war blau, hellblau; sie sah ihn und rannte zurück unter den Busch.

Er blickte hinauf, versuchte zu erkennen, was es eigentlich war, das sich über ihm wölbte. Es war nicht eigentlich ein Kuppeldach, und doch hatte es die Form einer gewaltigen Halbkugel. Es flimmerte ständig, und es fiel ihm schwer, zu der Wölbung hinaufzustarren. Ganz offensichtlich jedoch senkte sich die Begrenzung ringsum bis auf den blauen Sand herab.

Er war nicht weit von der Mitte der Halbkugel entfernt. Er schätzte, daß die Wand an der nächsten Stelle etwa hundert Meter von ihm entfernt war, falls man von einer Wand sprechen konnte.

Es war einfach so, daß sich eine Wölbung von *irgend etwas* über eine flache Scheibe erhob, die mit Sand bedeckt war und einen Umfang von etwa zweihundertfünfzig Metern hatte.

Und alles war blau, bis auf ein Ding. Gar nicht weit entfernt, nahe der Außenwand lang ein rotes Objekt im Sand. Es hatte in etwa die Gestalt einer Kugel mit einem Durchmesser von ungefähr einem Meter. Obwohl er es gar nicht genau ausmachen konnte, fröstelte er unbewußt.

Er wischte sich den Schweiß von der Stirn, oder er versuchte es zumindest.

War dies ein Traum, ein Nachtmar? Diese Hitze, der Sand, und das unbestimmte Gefühl der Angst, das er hatte, wenn er zu dem roten Objekt hinüberblickte?

Ein Traum? Nein, man schlief nicht ein und träumte, mitten in einer Weltraumschlacht.

Der Tod? Nein, niemals! Wenn es Unsterblichkeit gab, sie würde nicht so unsinnig sein, nicht ein Gemisch aus blauer Hitze, blauem Sand und rotem Schrecken.

Und dann hörte er die Stimme ...

Er hörte sie im Innern seines Kopfes, nicht mit seinen Ohren. Sie kam von nirgendwo und von überall.

»*Wanderer bin ich, durch Raum und Zeit*«, erklangen die Worte in diesem Hirn, »*und in diesem Raum und in dieser Zeit finde ich zwei Völker, bereit, einen Krieg miteinander auszutragen, der eines auslöschen wird und das andere so schwächen, daß es sich zurückentwickeln würde und niemals sein Schicksal erfüllen könnte. Verderben würde es und zurückkehren in den Staub der Bewußtlosigkeit, aus dem es sich einst erhob. Und ich sage: Dies soll nicht geschehen!«*

»Wer . . . was bist du?« Carson sagte es nicht laut, aber die Worte formten sich in seinem Bewußtsein.

»*Du würdest es niemals völlig verstehen. Ich bin . . .*« Es entstand eine Pause, als ob die Stimme etwas suchte, in Carsons Gehirn, ein Wort, das gar nicht darin war, das er nicht kannte. »*Ich bin der Abschluß der Entwicklung einer Rasse, die so alt ist, daß man diesen Zeitraum nicht in Worte fassen könnte, die dein Verstand zu begreifen in der Lage wäre. Eine Rasse, die zu einer Ganzheit verschmolzen ist; auf ewig . . .*

Eine Ganzheit, zu der auch deine primitive Rasse einmal werden kann« – wieder die Suche nach einem Wort – »*in ferner Zukunft. Das gilt auch für die Rasse, die du in deinem Sinn die Outsider nennst. Darum greife ich ein in die kommende Schlacht. In die Schlacht zweier Flotten, die sich in der Schlagkraft so sehr gleichen, daß der Untergang beider Rassen bevorsteht. Eine jedoch muß überleben, eine muß fortschreiten und sich entwickeln.*«

»Eine?« dachte Carson. »Meine, oder . . .?«

»*In meiner Macht liegt es, die Schlacht anzuhalten und die Outsider in ihre Galaxis zurückzuschicken. Aber sie würden zurückkehren, oder deine Rasse würde ihnen früher oder später dorthin folgen. Nur, wenn ich immer hier bleibe, in diesem Raum und dieser Zeit, könnte ich einen Krieg verhindern. Für immer hier zu verweilen aber ist mir nicht möglich.*

Darum werde ich sofort eingreifen. Ich werde die eine Flotte völlig zerstören, die andere wird keine Verluste erleiden. Eine Zivilisation wird überleben.«

Ein Nachtmahr. Dies mußte ein Alptraum sein, dachte Carson, aber er wußte, daß es keiner war.

Das alles war einfach zu verrückt, zu irrsinnig; also mußte es die Wirklichkeit sein.

Er wagte es nicht, die Frage zu stellen: Welche Rasse? Seine Gedanken fragten für ihn.

»*Die stärkere wird überleben*«, sagte die Stimme. »*Das kann ich nicht und will ich nicht verhindern. Ich greife nur ein, damit es ein vollständiger Sieg wird und kein Pyrrhussieg, der auch den Sieger zum Verlierer macht.*

Vom Rand des Schlachtfeldes habe ich mir zwei Wesen hierhergeholt, dich und den Outsider. In deiner Erinnerung habe ich entdeckt, daß in eurer frühen Geschichte Kämpfe zwischen zwei Einzelkriegern nicht unüblich waren, um einen ganzen Krieg zu entscheiden.

Du und dein Gegner, ihr seid hier einander gegenübergestellt. Nackt und unbewaffnet und unter Bedingungen, die für euch beide gleich unangenehm sind. Eine Zeitbegrenzung gibt es nicht, denn hier gibt es keine Zeit. Jeder kämpft für seine Rasse, die siegreiche Rasse wird überleben.«

»Aber . . .« Carsons Protest war zu unartikuliert, als daß er ihn hätte aussprechen können, aber die Stimme antwortete ihm dennoch.

»*Es ist fair. Die Bedingungen sind so, daß Körperkraft allein nicht über den Ausgang des Kampfes entscheidet. Es gibt eine Barriere, du wirst sehen. Verstandeskraft und Mut werden den Ausschlag geben, besonders Mut, denn das ist der Wille zu überleben.«*

»Aber während wir hier kämpfen, werden die Flotten . . .«

»*Nein, ihr seid in einem anderen Raum, in einer anderen Zeit. Solange ihr hier seid, steht die Zeit still in dem Universum, das du kennst. Ich merke, daß du dich fragst, ob dieser Ort hier wirklich ist. Er ist es, und er ist es nicht. So wie auch ich – für deine begrenzte Auffassungsgabe – wirklich und unwirklich zugleich bin. Meine Existenz ist geistig und nicht körperlich. Du hast mich als Planeten gesehen, aber ich hätte auch ein Staubkorn oder eine Sonne sein können.*

Für dich allerdings ist dieser Platz hier die Wirklichkeit. Was du hier erleidest, wird dir wirklich zustoßen. Wenn du stirbst, wird dein Ende den Untergang deiner Rasse bedeuten. Das war alles, was du wissen mußtest.«

Dann schwieg die Stimme.

Und er war allein und doch nicht allein. Denn als Carson aufblickte, sah er dies rote Ding, diese rote Kugel des Schreckens, und sie rollte auf ihn zu. Rollte!

Sie schien keine Arme oder Beine oder sonst irgendwelche Gliedmaßen zu haben. Sie rollte über den Sand mit der gleitenden Schnelligkeit eines Quecksilbertropfens. Vor ihr her, Carson konnte sich nicht erklären, wie sich dies ihm mitteilte, wehte eine Welle lähmenden, ekelerregenden Hasses.

Carson blickte sich hektisch um. Ein Stein, der in seiner Nähe lag, kam einer Waffe noch am nächsten. Er war nicht groß, aber er hatte scharfe Kanten, wie ein Feuerstein. Tatsächlich sah er auch aus wie ein blauer Feuerstein.

Er nahm ihn auf und duckte sich, um dem Angriff zu begegnen. Das Ding rollte schnell. Schneller, als er rennen konnte.

Er hatte keine Zeit zu überlegen, wie er es bekämpfen sollte, wie sollte er überhaupt gegen ein Wesen kämpfen, dessen Eigenschaften, dessen Verhalten er überhaupt nicht kannte? Jetzt, wo es so schnell rollte, hatte es eine vollendete Kugelform. Zehn Meter war es noch entfernt. Fünf. Und dann hielt es an.

Genauer, es wurde angehalten. Die Carson zugewandte Seite wurde plötzlich flach, als ob es gegen eine unsichtbare Mauer gerollt wäre. Es prallte zurück wie ein Gummiball.

Hier mußte also irgendeine Trennwand sein. In Carsons Verstand klickte es. Der Satz, den das fremde Wesen in seinen Verstand projiziert hatte, fiel ihm wieder ein: *»Körperkraft allein wird nicht den Ausschlag geben; es gibt eine Barriere.«*.

Ein Kraftfeld natürlich. Das Netzianische Feld konnte es nicht sein, das war der irdischen Wissenschaft bekannt; es schimmerte rötlich und knisterte, solange es wirksam war. Dies hier war unsichtbar, geräuschlos.

Es war eine Wand, die durch die ganze Halbkugel verlief. Carson brauchte das nicht selber festzustellen, die Kugel nahm ihm die Arbeit ab, sie rollte die Barriere entlang und suchte eine Lücke, fand jedoch keine.

Carson ging ein paar Schritte vorwärts, die linke Hand hatte er vorgestreckt, er berührte die Barriere. Sie fühlte sich glatt an, federnd. Eher wie eine Gummischeibe als wie Glas. Sie schien ein wenig nachzugeben, aber nur ein wenig, selbst wenn er sein ganzes Gewicht dagegenstemmte.

Sie fühlte sich warm an. Aber nicht wärmer als der Sand unter seinen Füßen. Eine begrenzte Nachgiebigkeit, aber dann unüberwindliche Widerstand.

Er richtete sich auf die Zehenspitzen auf, tastete so hoch er konnte, doch die Barriere schien auch nach oben unbegrenzt.

Er sah die Kugel zurückkommen. Wieder traf Carson die Welle des Hasses, und er trat einen Schritt von der Barriere zurück, als die Kugel vorbeikam. Sie hielt nicht an.

Endete die Barriere auf dem Boden? Carson kniete sich hin

und grub im Sand. Der war weich, es war leicht in ihm zu graben. In einen halben Meter Tiefe fühlte er die Barriere noch immer.

Die Kugel kam zurück. Offenbar hatte sie nirgendwo einen Durchschlupf gefunden.

Es muß einen Weg hindurch geben, dachte Carson, einen Weg, wie wir uns erreichen können, oder dieses Duell ist sinnlos.

Aber es eilte nicht, dies herauszufinden. Zuerst mußte er etwas anderes ausprobieren. Die Kugel war zurückgekommen und hatte zwei Meter vor ihm angehalten. Sie schien ihn zu studieren, allerdings konnte Carson, sosehr er sich auch bemühte, keine äußeren Sinnesorgane an dem Ding entdecken. Nichts, das ausgesehen hätte wie Augen oder Ohren, auch keinen Mund. Allerdings sah er eine Reihe von Grübchen, vielleicht ein Dutzend davon. Aus zweien von ihnen fuhren plötzlich zwei Tentakel heraus und gruben im Sand, als ob sie ihn untersuchen wollten. Tentakel, die vielleicht drei Zentimeter dick waren und etwa einen halben Meter lang.

Aber diese Tentakeln ließen sich in die Grübchen einziehen, und da blieben sie auch, wenn sie nicht gebraucht wurden. Eingezogen wurden sie auch, wenn das Ding sich bewegte, und sie schienen nichts mit seiner Art der Fortbewegung zu tun zu haben. Diese brachte es offenbar – Carson war ganz auf seine Vermutungen angewiesen – durch Verlagerung des Schwerpunktes zustande.

Ihn schauderte, während er das Ding ansah. Es war fremd, sehr fremd, so völlig und schrecklich anders als alle Lebensformen der Erde und der anderen Planeten des Sonnensystems. Instinktiv wußte er, daß sein Verstand ihm so fremd sein mußte wie sein Körper.

Aber er mußte es versuchen. Wenn es überhaupt keine telepathischen Fähigkeiten besaß, war der Versuch von vornherein zum Scheitern verurteilt, aber er glaubte, daß es solche Fähigkeiten hätte. Er hatte vorher eine Projektion von etwas verspürt, das nicht körperlich war, als das Wesen auf ihn zustürmte. Eine fast materielle Welle des Hasses.

Wenn es so etwas projizieren konnte, vielleicht konnte es dann auch in seinem Verstand lesen, für diesen Zweck mochte es ausreichen.

Bedächtig hob Carson den Stein, der seine einzige Waffe gewesen war, und ließ ihn mit einer verzichtenden Geste in den Sand fallen. Dann erhob er seine leeren Hände und hielt seine Handflächen der Kugel entgegen.

Er sprach laut. Zwar wußte er, daß seine Worte für die Kreatur vor ihm ohne Bedeutung sein würden, aber so würde er sich stärker auf seine gedachte Botschaft konzentrieren können.

»Können wir nicht Frieden schließen?« sagte er, und seine Stimme klang sehr fremd in der absoluten Stille um sie herum. »Das Wesen, das uns hierher brachte, hat gesagt, was geschehen muß, wenn unsere Rassen miteinander kämpfen: eine wird ausgelöscht, und die andere geht ebenfalls dem Untergang entgegen. Der Verlauf der Schlacht zwischen ihnen, so sagte das Wesen, hängt davon ab, was wir hier tun. Warum also sollen wir nicht Frieden schließen? Deine Rasse bleibt in ihrer Galaxis und wir in unserer.«

Carson entspannte sich völlig, um die Antwort aufzunehmen.

Sie kam, und sie warf ihn beinahe von den Füßen. Sein Magen verkrampfte sich, als er den Anprall dieses reinen Hasses und der geballten Mordlust verspürte. Es waren keine artikulierten Worte, so wie die Sprache des alten Wesens, sondern eine Welle triebhafter Gefühle.

Einen Augenblick lang, der ihm wie eine Ewigkeit erschien, mußte er gegen den Ansturm dieses Hasses ankämpfen, er mußte seinen Verstand davon befreien, in den er diese Gedankenwellen so leichtfertig eingelassen hatte. Ihm war übel.

Langsam klärte sich sein Geist wieder, so wie sich am Morgen nach dem Erwachen das Schreckensgewebe eines Alptraums allmählich lichtet. Er atmete schwer und fühlte sich geschwächt, aber er konnte denken.

Er musterte die Kugel. Sie hatte völlig regungslos verharrt während des geistigen Duells, das sie beinahe gewonnen hätte. Sie rollte ein paar Meter zur Seite, zu dem nächsten der blauen Büsche. Aus den Vertiefungen fuhren drei Tentakel heraus und begannen, den Busch zu untersuchen.

»Okay!« sagte Carson. »Also führen wir Krieg.« Er brachte ein schwaches Grinsen zustande. »Wenn ich dich richtig verstanden habe, hat der Friede wenig Anziehungskraft auf dich.« Und weil er ein normaler junger Mann war und einem leichten dramatischen Impuls nicht widerstehen konnte, fügte er noch hinzu: »Auf Leben und Tod!«

Aber in dem tiefen Schweigen um sie herum kam ihm der Klang seiner Stimme selbst närrisch vor. Es wurde ihm klar, daß es wirklich um Leben und Tod ging. Nicht nur um sein eigenes Leben oder das dieses runden Dings, an das er nur noch als ›die Kugel‹ dachte, sondern um das Leben ihrer beider Rassen. Sein Scheitern würde den Tod für alle Menschen bedeuten.

Plötzlich fühlte er sich sehr klein und hilflos, und er hatte Angst, diese Gedanken weiterzuspinnen. Diese Gedanken, die eine Gewißheit bedeuteten. Mit einer Sicherheit, die stärker als Glaube war, wußte er, daß das Wesen, das diesen Kampf arrangiert hatte, die Wahrheit gesagt haben mußte, über seine Ansichten und seine Macht. Es hatte nicht gescherzt.

Die Zukunft der Menschheit hing von *ihm* ab. Es war schrecklich, dies zu erkennen, und er zwang seine Gedanken in eine andere Richtung. Er mußte sich auf seine gegenwärtige Situation konzentrieren.

Es mußte einen Weg geben, diese Barriere zu durchdringen, oder durch sie hindurch zu töten.

Durch Geisteskraft? Er hoffte, daß es nicht so sei, denn die Kugel hatte offenbar stärkere telepathische Fähigkeiten; sie waren wirkungsvoller als die primitiven unterentwickelten Fähigkeiten der Menschen. Oder vielleicht nicht?

Er hatte es geschafft, die Gedankenimpulse der Kugel aus seinem Verstand zu verdrängen; konnte sie auch mit seinen fertig werden? Wenn ihre Ausstrahlungskraft stärker war, vielleicht war dann auch ihre Empfängergabe verwundbar?

Er starrte sie an und bemühte sich, all seine Gedanken auf sie zu konzentrieren.

»Stirb!« dachte er. »Du wirst sterben . . . Du stirbst . . . Du . . .« Er variierte diesen Satz und versuchte es mit geistigen Bildern. Schweiß trat ihm auf die Stirn, und er spürte, daß er vor Anstrengung zitterte. Aber die Kugel setzte die Untersuchung des Busches fort, so ungerührt, als ob er das kleine Einmaleins aufgesagt hätte.

Also hatte *das* keinen Zweck.

Er fühlte sich ein wenig geschwächt und benommen durch die Hitze und seine ungeheure Anspannung. Er ließ sich auf den blauen Sand nieder und widmete seine ganze Aufmerksamkeit der Beobachtung der Kugel. Wenn er sie genau studierte, könnte er vielleicht ihre Stärken erkennen und ihre Schwächen bemerken, so könnte er Dinge erfahren, die wertvoll sein konnten, wenn sie sich einmal in Reichweite gegenüberstünden.

Sie brach Zweige ab. Carson beobachtete sie genau, versuchte einzuschätzen, wieviel Kraft sie hierzu brauchte. Später, so dachte er, könnte er auf seiner Seite einen ähnlichen Busch suchen, Zweige von gleicher Dicke abbrechen und so einen Vergleich erhalten von der Stärke seiner Arme und der Tentakel des Wesens.

Es hatte Mühe, die Zweige abzubrechen; Carson sah genau hin. Er versuchte zu beurteilen, wie schwer den Tentakeln diese Arbeit fiel.

Jeder Tentakel, stellte er fest, verzweigte sich am Ende in zwei Finger, die mit einer Klaue oder einem Nagel bewehrt waren. Die Klauen schienen nicht besonders lang oder gefährlich zu sein. Nicht gefährlicher als seine eigenen Fingernägel, wenn er sie ein bißchen wachsen ließe.

Nein, im ganzen gesehen, schien sie nicht zu kräftig zu sein, es sei denn, der Busch war aus besonders widerstandsfähigem Material. Carson blickte sich um, und tatsächlich war da ein Busch des gleichen Typs.

Er griff hinüber und riß einen Zweig ab. Er brach leicht durch. Es konnte natürlich sein, daß die Kugel sich absichtlich schwach gestellt hatte, aber daran glaubte er nicht.

Andererseits, wo war sie verwundbar? Wie sollte er sie töten, wenn er eine Gelegenheit dazu hätte? Er wandte sich wieder der Beobachtung zu. Die Außenhaut machte einen sehr festen Eindruck. Er würde irgendeine Waffe brauchen. Er nahm das Stück Stein wieder auf. Es war fünfundzwanzig Zentimeter lang, schmal und einigermaßen scharf an einer Seite. Wenn es so splitterte wie Feuerstein, würde er eine brauchbare Waffe daraus machen können.

Die Kugel beschäftigte sich weiter mit den Büschen. Sie rollte weiter, näherte sich dem nächstgelegenen einer anderen Gattung. Eine kleine blaue Eidechse, so vielbeinig wie die, die Carson gesehen hatte, schoß unter dem Busch hervor.

Ein Tentakel der Kugel schnellte vor, fing sie, hob sie hoch. Ein weiterer Tentakel schwang herüber und begann die Beine der Eidechse abzureißen, so teilnahmslos und ruhig, als ob er

Blätter von einem Zweig zupfte. Das Tierchen wand sich in Todesnot und stieß einen schrillen Schrei aus; dies war der erste Laut, den Carson hier zu hören bekam, außer seiner eigenen Stimme.

Carson fröstelte und wandte seine Augen ab. Aber dann zwang er sich, weiter hinzusehen. Alles, was er über seinen Widersacher in Erfahrung bringen konnte, mochte wertvoll sein. Selbst diese Erfahrung seiner unnötigen Grausamkeit. Besonders, so dachte er in einer Aufwallung plötzlicher Gefühle, dieses Wissen um seine unnötige Grausamkeit. So würde es eine Genugtuung sein, dies Ding zu töten, wenn er die Gelegenheit dazu bekäme.

Aus diesem Grund zwang er sich, das Zerfleischen der Eidechse zu beobachten.

Aber er war doch froh, als das Tier, nachdem es die Hälfte seiner Beine verloren hatte, aufhörte zu schreien, erschlaffte und still und tot in den Klauen der Kugel lag.

Die Kugel beendete ihre Tätigkeit. Verächtlich warf sie die Eidechse weg, in Carsons Richtung. Sie segelte durch die Luft und landete vor seinen Füßen.

Sie war durch die Barriere gekommen! Die Barriere war nicht mehr da.

Wie ein Blitz war Carson auf den Beinen. Den Feuerstein fest in der Hand stürmte er vorwärts. Hier und jetzt würde er der Sache ein Ende machen! Jetzt, wo die Barriere fort war . . .!

Aber sie war noch da. Schmerzhaft war für Carson diese Erfahrung. Er rannte mit dem Kopf zuerst dagegen und schlug sich beinahe bewußtlos. Er wurde zurückgeworfen und fiel.

Und als er sich wieder aufrichtete und den Kopf schüttelte, um ihn wieder klar zu bekommen, sah er, wie etwas durch die Luft auf ihn zuflog. Um ihm auszuweichen, warf er sich flach auf den Sand, rollte auf die Seite, um seinen Körper aus der Gefahrenzone zu bringen, aber dann spürte er einen stechenden Schmerz in seiner linken Wade.

Er rollte zurück, ignorierte den Schmerz im Bein und stolperte auf die Füße. Es war ein Stein, stellte er jetzt fest, der ihn getroffen hatte. Und die Kugel ergriff gerade wieder einen, hielt ihn zwischen den Klauen eines Tentakel gepackt, holte aus und war zu einem neuen Wurf bereit.

Aber diesmal war es leicht, dem Geschoß auszuweichen. Die

Kugel konnte offenbar genau werfen, aber nicht sehr weit oder heftig. Der erste Stein hatte ihn nur deshalb getroffen, weil er gerade auf dem Boden gesessen und ihn erst gesehen hatte, als es schon zu spät war.

Während er noch dem zweiten Wurf auswich, hatte Carson schon den Stein geschleudert, den er noch in der Hand gehalten hatte. Wenn Wurfgeschosse die Barriere durchqueren können, dachte er grimmig, dann können beide Seiten dies Spiel spielen. Und der kräftige rechte Arm eines Erdenmenschen . . .

Das einen Meter große Ziel konnte er auf vier Meter Entfernung gar nicht verfehlen, und er verfehlte es auch nicht. Der Stein sauste durch die Luft, mehrfach schneller, als es die Wurfgeschosse der Kugel gewesen waren. Er traf genau in der Mitte, aber er traf mit der flachen Seite auf, und nicht mit der Spitze.

Aber er traf mit einem vernehmlichen Klatschen, und augenscheinlich schmerzte er. Die Kugel hatte gerade nach einem weiteren Stein gegriffen, aber sie änderte nun ihre Absicht und suchte lieber das Weite. Bis Carson wieder einen Stein gefunden hatte und ihn werfen konnte, war sie schon vierzig Meter von der Barriere entfernt und immer noch sehr in Eile.

Sein zweiter Wurf ging einen halben Meter daneben, und der dritte war nicht weit genug.

Die Kugel war außer Reichweite, zumindest außer Reichweite für ein Geschoß, mit dem man sie ernstlich hätte verletzen können.

Carson grinste; diese Runde war an ihn gegangen. Außer . . . Er hörte auf zu grinsen, als er sich hinabbeugte, um seine Wade zu untersuchen. Ein kantiges Ende des Steins hatte ein ziemlich tiefes Loch gerissen, die Schramme war fast zehn Zentimeter lang. Sie blutete heftig, aber Carson glaubte nicht, daß die Wunde so tief war, daß eine Arterie verletzt sein könnte. Wenn es von allein aufhörte zu bluten, war alles in Ordnung, wenn nicht, würde er Schwierigkeiten bekommen.

Doch zunächst mußte er etwas herausfinden, das Vorrang hatte vor seiner Wunde: Wie war die Barriere beschaffen?

Er ging noch einmal zu ihr, diesmal hatte er die Hände vorgestreckt. Er fand sie. Während er seine Hand dagegen hielt, schlug er die andere Hand mit Sand gefüllt dagegen. Der Sand ging geradewegs hindurch, seine Hand nicht.

War es eine Frage organischer und unorganischer Stoffe? Nein, denn die tote Eidechse war mit Sicherheit organisch. Planzliches Leben? Er brach einen Zweig ab und stocherte durch die Barriere, ohne Widerstand ging er hindurch, aber an der Stelle, wo seine Finger den Zweig ergriffen hatten, wurde er gestoppt.

Er kam nicht durch, die Kugel auch nicht. Aber die Steine, die Planzen und eine tote Eidechse ...

Wie war es mit einer lebenden Eidechse? Er untersuchte die Büsche, bis er eine fand, und fing sie. Er warf sie sanft gegen die Barriere, sie prallte ab und huschte quer über den blauen Sand davon.

Nun hatte er immerhin eine Antwort nach seinen bisherigen Erfahrungen: Diese Wand war eine Barriere für alle Lebewesen; tote organische oder unorganische Materie konnte sie durchqueren.

Nachdem das geklärt war, sah sich Carson sein verletztes Bein wieder an. Die Blutung hatte nachgelassen, das bedeutete, er würde es nicht abzubinden brauchen. Aber er sollte etwas Wasser finden, falls es das hier gab, um die Wunde zu reinigen.

Wasser. Der Gedanke daran ließ ihn bewußt werden, daß er schrecklichen Durst hatte. Er *mußte* Wasser finden, dann nämlich, wenn sich herausstellte, daß dieser Wettkampf sich in die Länge ziehen würde.

Leicht humpelnd machte er sich daran, in einem weiten Halbkreis seine gesamte Hälfte der Arena abzusuchen. Mit einer Hand die Fühlung zu der Barriere haltend, schritt er voran, bis er an die geschwungene Seitenwand stieß. Aus der Nähe war sie sichtbar, gleichmäßig blaugrau, sie hatte die gleiche elastische Oberfläche wie die Barriere.

Er untersuchte sie, indem er eine Handvoll Sand dagegen warf, der Sand erreichte die Wand und flog glatt hindurch, verschwand in ihr. Auch diese Halbkugel war also ein Kraftfeld, nur daß es im Gegensatz zur Barriere sichtbar war.

Er folgte der Außenwand, bis er wieder auf die Barriere stieß, dann ging er die Barriere entlang, bis er seinen Ausgangspunkt wieder erreicht hatte.

Nirgendwo eine Spur von Wasser.

Besorgt ging er nun in Zickzacklinien zwischen der Barriere

und der Außenwand hin und her und suchte den ganzen Boden seiner Hälfte sorgsam ab.

Kein Wasser. Blauer Sand, blaue Büsche und unerträgliche Hitze, sonst nichts.

Das konnte er sich doch nur einbilden, sagte er sich ärgerlich, daß er so durstig war. Wie lange war er denn schon hier? Doch nur sehr kurze Zeit, wenn er von seiner Zeitrechnung ausging. Das Wesen hatte ihm gesagt, daß die Zeit stillstand, während sie hier draußen waren. Aber seine Körperfunktionen standen dennoch nicht still. Wenn er nach seinem Körper ging, wie lange war er schon hier? Doch nicht mehr als drei oder vier Stunden. Sicher nicht lange genug, um ernstlich unter Durst zu leiden.

Aber er litt darunter. Seine Kehle war trocken und ausgedörrt. Vielleicht war die gewaltige Hitze der Grund. Es war *heiß*! Vielleicht fünfundvierzig Grad. Eine trockene, lastende Hitze, ohne die geringste Luftbewegung.

Er humpelte ziemlich stark und war völlig ausgepumpt, als er mit der Untersuchung des Terrains fertig war.

Er starrte zu der reglosen Kugel hinüber und hoffte, daß es ihr genauso dreckig ging wie ihm. Es war gut möglich, daß ihr die Lage auch nicht zusagte. Das Wesen hatte gesagt, daß die Bedingungen für beide gleichermaßen unvertraut und unangenehm seien. Vielleicht kam die Kugel von einem Planeten, wo in der Regel siebzig Grad Hitze herrschten, vielleicht erfror sie, während er geröstet wurde.

Vielleicht war die Luft für sie viel zu dick, so wie sie für ihn zu dünn war. Denn sein Entdeckungsgang hatte ihn völlig ausgepumpt. Die Atmosphäre hier, so erkannte er nun, war nicht viel dicker als die des Mars.

Kein Wasser.

Das war für ihn auf jeden Fall eine tödliche Sackgasse. Wenn er keinen Weg auf die andere Seite finden würde, um seinen Feind zu töten, würde der Durst ihn unausweichlich umbringen.

Dies erfüllte ihn mit einem Gefühl der Hast. Er mußte sich beeilen.

Aber was war zu tun? Nichts und doch so vieles! Die unterschiedlichen Büsche zum Beispiel. Sie sahen wenig vielversprechend aus, und doch mußte er sie untersuchen, um festzustellen, was man mit ihnen machen konnte.

Und sein Bein, auch darum mußte er sich kümmern, auch wenn er kein Wasser hatte, um es zu reinigen. Er mußte Munition sammeln in Form von Steinen. Einen Stein finden, der ein gutes Messer abgeben würde ...

Sein Bein schmerzte ziemlich stark. Er kam zu dem Schluß, daß er sich zuerst hierum kümmern müsse. Eine Art Büsche hatte Blätter, oder zumindest etwas, das Blättern sehr ähnlich sah. Er riß eine Handvoll von ihnen ab und entschloß sich, nachdem er sie untersucht hatte, daß er es mit ihnen probieren sollte. Er benutzte sie, um Sand, Schmutz und das geronnene Blut zu entfernen, dann machte er ein Polster aus diesen Blättern und band es mit Schößlingen derselben Pflanze über die Wunde.

Diese dünnen Zweiglein erwiesen sich als unerwartet zäh und stark. Sie waren schlank und sehr biegsam, aber abbrechen konnte er sie nicht. Er mußte sie mit einem scharfkantigen Stück Feuerstein abschneiden. Die dickeren Zweige waren mehr als vierzig Zentimeter lang, und er merkte sich für später, daß ein paar von ihnen aneinandergeknotet einen guten Strick abgeben würden. Vielleicht würde er sich einmal eine Verwendung für einen Strick ausdenken können.

Als nächstes machte er sich ein Messer. Der blaue Feuerstein splitterte wirklich. Aus einem zwanzig Zentimeter langen Splitter machte er sich eine einfache, aber wirksame Waffe. Aus den Zweigen des Busches schließlich flocht er sich einen Gürtel, durch den er das Messer schieben konnte, so konnte er es immer bei sich tragen und hatte doch die Hände frei.

Er wandte sich wieder der Untersuchung der Büsche zu. Es gab noch drei andere Arten. Eine war zweiglos, trocken und spröde, fast so wie abgestorbenes Unterholz. Eine andere war aus einem weichen, porösen Holz, ähnelte Zunder. Es sah so aus, als ob man es sehr gut zum Entzünden eines Feuers würde brauchen können. Die dritte Art kam Holz noch am ähnlichsten, sie hatte zarte Blätter die aber auf kurzen festen Stielen saßen.

Es war schrecklich, unerträglich heiß.

Er humpelte zu der Barriere hinüber, vergewisserte sich, daß sie noch da war. Sie war es.

Dann beobachtete er die Kugel für eine Weile. Sie hielt sich in einem sicheren Abstand von der Barriere, außerhalb der Reichweite eines gefährlichen Steinwurfs. Sie bewegte sich, tat etwas, er konnte aber nicht erkennen, was sie trieb.

Einmal hielt sie inne, kam näher und schien ihre Aufmerksamkeit auf ihn zu konzentrieren. Wieder spürte Carson eine Welle der Übelkeit. Er warf einen Stein, und die Kugel zog sich wieder zurück, nahm ihre geheimnisvolle Beschäftigung wieder auf.

Auf jeden Fall konnte er sie auf Distanz halten.

Aber, so dachte er bitter, was, zum Teufel, nützte ihm das schon? Trotzdem verbrachte er die nächste Stunde damit, Steine von beträchtlicher Größe zu sammeln, und kleine Häufchen entlang seiner Seite der Barriere aufzurichten.

Seine Kehle brannte wie Feuer. Es fiel ihm schwer, an etwas anderes zu denken als an Wasser.

Aber er *mußte* an andere Dinge denken. Wie er durch die Barriere kommen, sich diese rote Kugel schnappen und sie umbringen könnte, bevor dieser Ort des Durstes und der Hitze ihn erledigte.

Auf jeder Seite reichte die Barriere bis an die Wand. Aber wie hoch in die Luft, und wie tief unterirdisch?

Eine Zeitlang war Carsons Verstand zu benommen, um eine Methode zu entwickeln, wie er eine dieser Fragen beantworten sollte. Untätig saß er im blauen Sand und wußte nicht einmal, daß er da saß. Er beobachtete eine blaue Eidechse, die von einem Busch zum anderen huschte.

Unter einem Busch hervor sah sie zu ihm herüber.

Carson grinste ihr zu. Vielleicht hatte er schon einen Sonnenstich, denn ihm fiel plötzlich die alte Wüstengeschichte von den Marskolonisten ein, die noch von einer viel älteren Wüstengeschichte von der Erde abstammte. »Und bald merkst du, daß du mit den Eidechsen redest, und nicht viel später merkst du, daß sie dir antworten . . .«

Eigentlich hätte er sich darauf konzentrieren sollen, wie er die Kugel zur Strecke brächte, aber statt dessen grinste er die Eidechse an und sagte: »Hallo, du da!«

Die Eidechse machte ein paar Schritte auf ihn zu. »Hallo«, sagte sie.

Für einen Moment war Carson sprachlos, dann warf er den Kopf zurück und stieß ein röhrendes Lachen aus. Es schmerzte nicht in seiner Kehle, so zu lachen. So durstig war er offenbar doch nicht gewesen.

Warum auch nicht? Warum sollte das Wesen, das diesen Alptraum von einem Ort sich ausgedacht hatte, neben all seinen Fähigkeiten nicht auch Sinn für Humor haben? Sprechende Eidechsen, die die Gabe haben, mir in meiner eigenen Sprache zu antworten, wenn ich sie anspreche; irgendwie hatte dieser Gedanke etwas Possierliches.

Er lächelte die Eidechse an und sagte: »Komm doch mal rüber.« Aber die Eidechse wandte sich ab und lief davon, huschte von Busch zu Busch, bis sie außer Sicht war.

Er war wieder durstig.

Und er mußte etwas unternehmen. Er konnte den Kampf nicht gewinnen, wenn er hier rumsaß und sich miserabel fühlte. Er mußte etwas tun. Aber was?

Durch die Barriere kommen! Aber er kam nicht durch sie hindurch oder über sie hinüber. Aber war es sicher, daß er nicht unter ihr durch kam. Und wo er schon einmal daran dachte, fand man nicht manchmal Wasser, wenn man ein Loch grub? Zwei Fliegen mit einer Klappe . . .

Unter Schmerzen humpelte Carson zu der Barriere hinüber und begann zu graben, schaufelte den Sand händeweise empor. Es war harte Arbeit, denn der Sand rieselte von den Rändern zurück, und je tiefer er kam, desto größer wurde der Durchmesser seines Loches. Wie viele Stunden er dazu brauchte, konnte er nicht sagen, aber etwa bei eineinhalb Metern stieß er auf Fels. Fels und kein Wasser.

Und das Kraftfeld der Barriere ging bis zu dem Felsen hinunter. Keine Lücke, kein Wasser, überhaupt nichts.

Er krabbelte aus dem Loch und lag keuchend da, dann hob er den Kopf, um zu sehen, was die Kugel trieb. Irgendwas mußte sie dort hinten bauen.

Das tat sie auch. Sie baute etwas aus den Zweigen des Busches, die sie mit den Trieben des anderen Busches zusammengebunden hatte. Einen sonderbar geformten Rahmen, der etwa quadratisch war. Um es besser sehen zu können, kletterte Carson auf den Sandhaufen, den er aufgeworfen hatte.

Seitlich ragten zwei lange Bögen heraus, und am Ende konnte er etwas wie einen Löffel erkennen, eine Art Katapult, dachte Carson.

Ganz eindeutig hob die Kugel einen größeren Felsbrocken in die löffelförmige Schale. Ein anderer Tentakel spannte einen Hebel, dann bewegte sie das ganze Ding ein wenig hin und her, als ob sie damit zielte, schließlich flog der Löffel hoch, und der Stein schnellte heraus.

Der Stein zischte ein paar Meter über Carsons Kopf hinweg, so hoch, daß er sich nicht zu ducken brauchte, aber er schätzte die Entfernung ab, die das Ding geflogen war, und pfiff leise durch die Zähne. Einen Stein dieses Gewichts konnte er höchstens die halbe Strecke weit werfen. Selbst wenn er sich ganz an die Wand der Arena zurückzog, würde er nicht aus der Reichweite dieser Maschine sein, wenn die Kugel sie bis an die Barriere vorschob.

Ein weiterer Brocken flitzte heran. Nicht ganz so weit daneben diesmal.

Das Ding konnte gefährlich werden, sagte er sich, vielleicht sollte er etwas dagegen unternehmen.

Indem er sich ständig entlang der Barriere bewegte, so daß der Katapult ihn nicht verfolgen konnte, warf er ein Dutzend Steine in seine Richtung. Aber das nützte nicht viel, stellte er fest. Entweder waren die Steine zu klein, als daß sie etwas hätten ausrichten können, oder sie waren so schwer, daß er sie nicht weit genug werfen konnte. Auch hatte die Kugel auf diese Entfernung keine Schwierigkeiten, denen auszuweichen, die ihr zu nahe kamen.

Außerdem ermüdete sein Arm schnell. Er schmerzte vor Erschöpfung. Wenn er sich nur etwas ausruhen könnte, ohne ständig den Geschossen aus dem Katapult ausweichen zu müssen.

Er stolperte zur entfernten Wand der Arena. Bald merkte er, daß das nichts nützte. Die Steine reichten auch hier hin, nur daß die Abstände zwischen den einzelnen Geschossen größer wurden, als ob es länger dauerte, den Mechanismus des Katapults zu spannen.

Erschöpft schleppte er sich wieder zur Barriere. Unterwegs stürzte er mehrmals und konnte sich kaum wieder erheben. Er war an der Grenze seines Leistungsvermögens angelangt, das wußte er; trotzdem wagte er nicht stehenzubleiben, solange das Katapult nicht zerstört war.

Eines der Geschosse brachte ihm eine Eingebung. Es schlug auf einem Steinhaufen auf, den er als Munition vor der Barriere aufgehäuft hatte, und es schlug Funken.

Funken! Feuer! Die ersten Menschen hatten Feuer entfacht,

indem sie Steine aneinanderschlugen. Und wenn man diese trockenen Büsche als Zunder benutzte . . .

Zum Glück war einer dieser Büsche ganz in seiner Nähe. Er brach ihn ab und trug ihn zu dem Steinhaufen hinüber, dann schlug er geduldig einen Stein nach dem anderen gegen andere, bis ein Funken in das zunderartige Holz des Busches sprang. Er ging so schnell in Flammen auf, daß er seine Augenbrauen versengte, und war sekundenschnell zu Asche verbrannt.

Aber die Idee war nun einmal geboren, und nach ein paar Minuten hatte er ein kleines Feuer in Gang gebracht, in der Sandgrube, die er vorher vergebens gegraben hatte. Mit den Zunderbüschen hatte er es entfacht, und nun unterhielt er es mit dem Holz anderer Büsche, das langsamer brannte.

Die drahtähnlichen Zweige, aus denen er seinen Gürtel gemacht hatte, brannten schlecht; also ließen sich damit leicht Brandbomben herstellen, die man werfen konnte. Ein Bündel Zunderruten, um einen kleinen Stein gebunden, damit es das nötige Gewicht hatte, und eine Schlinge aus diesen rankenähnlichen Zweigen, mit der er das Ganze schleudern konnte.

Er fertigte ein halbes Dutzend davon an, bevor er die erste anzündete und warf. Sie flog zu weit, und die Kugel trat einen schnellen Rückzug an, wobei sie das Katapult hinter sich herzog. Aber Carson hatte die anderen bereit und warf sie in schneller Folge. Die vierte traf den Rahmen des Katapults und verrichtete ganze Arbeit. Die Kugel versuchte verzweifelt, die sich ausbreitenden Flammen zu ersticken, indem sie Sand darauf warf, aber die Klauen an den Tentakeln konnten immer nur einen Teelöffel voll ergreifen, und so waren ihre Bemühungen fruchtlos. Das Katapult verbrannte.

Die Kugel entfernte sich von dem Feuer und konzentrierte ihre Aufmerksamkeit auf Carson. Wieder verursachte ihm die Welle von Haß ein Gefühl der Übelkeit. Aber schwächer diesmal. Entweder war die Kugel schwächer geworden, oder Carson hatte es gelernt, sich besser gegen die psychischen Attacken zu schützen.

Er machte ihr eine lange Nase und vertrieb sie, indem er einen Stein nach ihr schleuderte. Die Kugel rollte davon, bis in die hintere Hälfte ihres Teils der Arena, und begann wieder Büsche abzubrechen. Vielleicht wollte sie ein neues Katapult bauen.

Carson vergewisserte sich, zum hundertstenmal, daß die Barriere noch wirksam war – und plötzlich saß er im Sand, weil er zu schwach war, um sich auf den Beinen zu halten.

In seinem Bein klopfte es jetzt ständig, und der Durst war inzwischen unerträglich geworden. Aber dies war nebensächlich, verglichen mit der äußersten Erschöpfung, die seinen Körper ergriffen hatte.

Und diese Hitze!

So mußte die Hölle sein, dachte er. Die Hölle, an die die Alten geglaubt hatten. Er kämpfte gegen den Schlaf. Aber es schien sinnlos, sich wachzuhalten, denn es gab nichts, das er tun konnte. Nichts, solange die Barriere undurchdringlich blieb und sich die Kugel außer Reichweite hielt.

Aber irgend etwas mußte es doch geben. Er versuchte sich an die archäologischen Bücher zu erinnern, die er gelesen hatte, wie hatte man gekämpft, in der Zeit, bevor es Eisen und Plastik gab? Als erstes gab es steinerne Geschosse. Nun, damit hatten sie es schon probiert.

Die einzige Verbesserung wäre ein Katapult, so, wie die Kugel schon eins gebaut hatte. Aber er würde keins bauen können, aus dem bißchen Holz, das die Büsche hergaben, kaum ein Stück war länger als ein halber Meter. Sicher konnte er den Mechanismus für ein Katapult konstruieren, aber er hatte nicht mehr die Kraft für eine Aufgabe, die ihn Tage in Anspruch nehmen würde.

Tage? Aber die Kugel hatte doch eins gebaut. Waren sie denn schon Tage hier? Dann fiel ihm ein, daß die Kugel viele Tentakel hatte, mit denen sie gleichzeitig arbeiten konnte, und so konnte sie auch eine solche schwierige Aufgabe schneller bewältigen als er.

Und außerdem, auch ein Katapult brachte keinen endgültigen Sieg, er mußte überlegen und sich schon etwas Besseres einfallen lassen.

Pfeil und Bogen? Nein, er hatte es schon einmal mit dem Bogenschießen versucht, und wußte, wie ungeschickt er in dieser Kunst war. Selbst mit dem modernen Sportgerät eines Athleten. Mit einer Waffe, die er sich aus dem, was er hier vorfand, zusammenbauen müßte, würde er wahrscheinlich nicht einmal so weit schießen können, wie er werfen konnte, und sicher nicht so genau.

Ein Sperr? *Den* würde er bauen können. Als Wurfgeschoß

würde er zwar auf keinen Fall etwas nutzen, aber auf geringe Reichweite könnte er ganz brauchbar sein.

Zum Glück saß er direkt neben einem seiner Steinhaufen. Er durchsuchte ihn, bis er einen Stein fand, der ungefähr die Form einer Speerspitze hatte. Mit einem kleineren Stein begann er, ihn zurechtzuhauen. Am Ende ließ er lange Zacken stehen, so daß er nicht so leicht herauszuziehen war, wenn er einmal eingedrungen sein würde.

Wie bei einer Harpune! Darüber lohnte es sich nachzudenken. Für diesen verrückten Wettkampf war eine Harpune vielleicht besser geeignet als ein Speer, wenn er die Kugel mit etwas durchbohren könnte, an dem ein Strick befestigt war, konnte er die Kugel an die Barriere ziehen, und sein Steinmesser würde hindurchgehen, auch wenn seine Hand es nicht vermochte.

Der Schaft war schwieriger herzustellen als die Spitze. Er verband die vier dicksten Zweige eines Busches miteinander, indem er sie mit den Ranken einer anderen Art umwickelte, so erhielt er einen Stiel, der über einen Meter lang war. In einem Spalt am oberen Ende des Schaftes klemmte er die Speerspitze ein und band sie fest.

Die Waffe sah primitiv aus, aber sie war stabil.

Jetzt der Strick. Aus den Ranken flocht er sich eine Leine von etwa sechs Metern Länge. Sie war leicht und sah nicht sehr zuverlässig aus, aber er wußte, daß sie mehr als sein Gewicht halten würde. Er band ein Ende an den Stiel der Harpune, das andere wickelte er sich um sein rechtes Handgelenk. Wenn er jetzt die Harpune durch die Barriere warf, würde er sie zumindest wieder einholen können, wenn er sein Ziel verfehlte.

Als er dann den letzten Knoten festgezogen hatte und es nichts mehr für ihn zu tun gab, waren die Hitze, die Erschöpfung und der Schmerz in seinem Bein plötzlich tausendmal stärker als zuvor.

Er versuchte aufzustehen, zu sehen, was die Kugel trieb, und er stellte fest, daß er sich nicht erheben konnte. Beim dritten Versuch kam er bis auf die Knie, dann fiel er wieder flach auf den Rücken.

»Ich muß schlafen«, dachte er. »Wenn es jetzt zur Entscheidung käme, wäre ich völlig hilflos. Sie könnte hierherkommen und mich töten, wenn sie es wüßte. Ich muß wieder etwas Kraft sammeln.«

Langsam und unter Schmerzen kroch er von der Barriere weg. Zehn Meter, zwanzig . . .

Der dumpfe Ton von etwas, das neben ihm einschlug, weckte ihn. Er hatte einen wirren und schrecklichen Traum gehabt, und jetzt war er wieder in einer Wirklichkeit, die noch viel wirrer und schrecklicher war.

Wie lange hatte er geschlafen? Eine Minute? Einen Tag?

Ein weiterer Stein schlug neben ihm auf, näher diesmal, etwas Sand traf ihn. Er stützte sich auf die Ellbogen und blickte auf. Er sah die Kugel in zwanzig Metern Entfernung, direkt an der Barriere.

Sie rollte hastig davon, als er sich aufrichtete, hielt erst an, als sie an der Hinterwand ihrer Hälfte angekommen war.

Er war zu schnell eingeschlafen, stellte er fest, als er noch in der Wurfreichweite der Kugel war. Als sie ihn reglos daliegen sah, hatte sie es gewagt, bis an die Barriere vorzukommen und Steine nach ihm zu werfen. Zum Glück merkte sie nicht, wie schwach er war, sonst hätte sie dort bleiben können, um weitere Steine nach ihm zu schleudern.

Hatte er lange geschlafen? Er glaubte es nicht, denn er fühlte sich so, wie er sich davor gefühlt hatte. Überhaupt nicht erholt, nicht durstiger, gar nichts war anders. Wahrscheinlich hatte er nur ein paar Minuten gedöst.

Er begann wieder zu kriechen, diesmal zwang er sich, durchzuhalten, bis er so weit war, wie er kommen konnte, bis die schimmernde Eingrenzung der Arena nur noch einen Meter von ihm entfernt war.

Dann verschwamm ihm wieder alles vor den Augen.

Als er aufwachte, hatte sich um ihn her nichts verändert, aber diesmal wußte er, daß er lange geschlafen hatte.

Als erstes spürte er das Innere seines Mundes. Es war trocken, verklebt. Seine Zunge war geschwollen.

Irgend etwas stimmte nicht, das wußte er, als er langsam wieder voll das Bewußtsein erlangte. Er fühlte sich weniger erschöpft, der Zustand äußerster Schwäche war gewichen. Dafür hatte der Schlaf gesorgt.

Aber da war der Schmerz, der lähmende Schmerz. Erst als er versuchte, sich zu bewegen, spürte er, daß der Schmerz von seinem Bein herrührte.

Er hob den Kopf und sah sich das Bein an. Unterhalb des Knies war es schrecklich angeschwollen, ja, die Schwellung zog sich sogar die halbe Länge seines Schenkels hinauf. Die Planzenranken, die er dazu benutzt hatte, um das schützende Blätterpolster auf seine Wunde zu binden, schnitten tief in das geschwollene Fleisch.

Das Messer unter die tief eingesunkenen Schlingen zu bringen, um diese aufzuschneiden, war unmöglich. Zum Glück hatte er die Ranken auf dem Schienbein verknotet, wo die Schwellung nicht so stark war. So war er schließlich unter starken Schmerzen in der Lage, die Knoten zu lösen.

Ein Blick unter das Blätterpolster sagte ihm alles. Ganz eindeutig eine Entzündung mit Blutvergiftung.

Ohne Medikamente, ohne Verbandzeug und schließlich ohne Wasser konnte er nichts dagegen tun.

Nichts, als zu sterben, wenn das Gift erst hoch genug hinaufgestiegen war.

Er wußte, daß es hoffnungslos war und daß er verloren hatte.

Und mit ihm die Menschheit. Wenn er hier starb, dann wußte er, daß dort draußen im Universum alle seine Freunde, ja alle Menschen ebenfalls sterben mußten. Und die Erde, die Kolonien auf den Planeten, sie würden den scheußlichen Outsidern gehören. Kreaturen wie aus einem Alptraum, die mitleidlos und nur so zum Spaß Eidechsen zerpflückten.

Das war ein Gedanke, der ihm den Mut gab, fast blind vor Schmerzen wieder auf die Barriere zuzukriechen. Diesmal kroch er nicht auf Händen und Knien, sondern zog sich nur mit den Armen vorwärts.

Die Chancen standen eins zu einer Million, daß er noch Kraft genug haben würde, wenn er erst dort war, die Harpune zu werfen, mit tödlicher Wirkung, wenn, und wieder standen die Chancen eins zu einer Million, die Kugel zur Barriere kommen würde. Oder wenn die Barriere inzwischen nicht mehr da war.

Es schien ihm, daß er Jahre brauchte, um dort hinzugelangen.

Die Barriere war nicht verschwunden. Sie war genauso undurchdringlich wie in dem Moment, wo er sie zum erstenmal gespürt hatte.

Und die Kugel war auch nicht an der Barriere. Wenn er sich auf die Ellbogen aufrichtete, konnte er sie hinten in der Arena sehen, wie sie an etwas arbeitete, an einem hölzernen Rahmen, an einem Katapult, das ein Duplikat dessen war, das er zerstört hatte.

Jetzt bewegte sie sich sehr langsam. Zweifellos war auch sie geschwächt.

Aber Carson bezweifelte, daß sie jemals ein zweites Katapult brauchen würde. Er würde tot sein, bevor sie es fertig hatte.

Wenn er sie nur an die Barriere locken könnte, während er noch lebte. Er winkte mit dem Arm und versuchte zu brüllen, aber aus seiner wunden Kehle drang kein Laut.

Oder wenn er durch die Barriere käme . . .

Sein Verstand mußte für einen Augenblick ausgesetzt haben, denn er ertappte sich dabei, wie er mit den Fäusten in verzweifeltem Zorn gegen die Barriere schlug. Er zwang sich, aufzuhören.

Er schloß die Augen und versuchte sich zu beruhigen.

»Hallo«, sagte die Stimme.

Es war ein schwaches, dünnes Stimmchen, es klang wie . . .

Er öffnete die Augen und drehte den Kopf. Es *war* die Eidechse.

»Geh weg«, wollte Carson sagen, »geh weg, du bist nicht wirklich da, oder du bist da, sprichst aber nicht wirklich, ich fantasiere nur.«

Aber er konnte nicht sprechen. Die Trockenheit seiner Kehle und seines Mundes ließ keinen Laut mehr zu. Er schloß die Augen.

»Schmerzen!« sagte die Stimme. »Töten. Schmerzen-Töten. Komm!«

Er öffnete die Augen wieder. Die blaue zehnbeinige Eidechse war noch immer da. Sie lief ein Stück die Barriere entlang, kam zurück, lief wieder los und kam zurück.

»Schmerzen«, sagte sie, »töten, komm!«

Carson stöhnte. Wenn er dem verfluchten Ding nicht folgte, würde er nie mehr Ruhe haben.

Also folgte er ihm, kriechend. Ein anderes Geräusch drang an sein Ohr. Ein durchdringendes hohes Quietschen. Es kam näher.

Etwas lag dort im Sand, wand sich und zuckte. Etwas kleines, das auch wie eine Eidechse aussah, aber nicht ganz . . .

Dann sah er, was es war. Es war die Eidechse, deren Beine die Kugel ausgerissen hatte. Aber sie war nicht tot. Sie war aus der

Bewußtlosigkeit erwacht und wand sich nun, vor Schmerzen schreiend.

»Schmerzen«, sagte die andere Eidechse, »Schmerzen, töten, töten.«

Carson verstand. Er zog das Steinmesser aus seinem Gürtel und tötete die gequälte Kreatur. Die lebende Eidechse huschte schnell davon.

»Wenn ich nur so weit käme«, dachte er, »wenn ich durchkäme. Ich könnte gewinnen. Sie sieht auch schwach aus. Ich könnte . . .«

Und dann hatte er wieder das Gefühl schwärzester Hoffnungslosigkeit. Der Schmerz überwand seinen Willen, und er wünschte, daß er tot wäre. Er beneidete die Eidechse, die er gerade getötet hatte. Sie brauchte nicht weiterzuleben und zu leiden. Aber er mußte es. Es konnte noch Stunden oder Tage dauern, bis die Blutvergiftung ihn umbrachte.

Und wenn er das Messer gegen sich gebrauchte . . .

Aber er wußte, daß er das nicht tun konnte. Solange er noch lebte, gab es immer noch den Bruchteil einer Chance . . .

Er spannte sich, drückte mit den flachen Händen gegen die Barriere. Dabei bemerkte er, wie dünn seine Arme geworden waren. Er mußte also wirklich schon eine lange Zeit hier sein. Es dauerte doch bestimmt Tage, bis sie so dünn werden konnten.

Wie lange konnte es noch dauern, bis er sterben würde? Wieviel Hitze, Durst und Schmerz konnte sein Körper ertragen?

Einen Augenblick lang wurde er beinahe wieder hysterisch, aber dann kam eine Zeit tiefer Ruhe, und ein Gedanke, der aufregend war.

Die Eidechse, die er gerade getötet hatte. *Sie hatte die Barriere durchquert, als sie noch lebte.* Sie war von der Seite der Kugel gekommen; die Kugel hatte ihr die Beine ausgerissen und sie verächtlich in seine Richtung geworfen, und sie war durch die Barriere gekommen. Weil sie tot war, so hatte er angenommen.

Aber sie war nicht tot gewesen, nur besinnungslos.

Eine lebende Eidechse konnte nicht durch die Barriere, aber eine bewußtlose konnte es. Also war es keine Barriere für lebende Wesen, sondern nur für Wesen mit Bewußtsein. Es war eine geistige Projektion, eine geistige Sperre.

Und mit diesem Gedanken begann Carson an der Barriere entlangzukriechen, für seinen letzten verzweifelten Zug. Es war eine Hoffnung, die zu unwahrscheinlich war, ein Versuch, den nur ein sterbender Mensch zu unternehmen wagte.

Es hatte gar keinen Sinn, die Erfolgschancen auszurechnen, denn wenn er es nicht versuchte, waren seine Chancen ohnehin gleich Null.

Er kroch die Barriere entlang, bis er zu dem einen Meter hohen Sandhaufen kam, den er aufgeworfen hatte, als er – vor wie vielen Tagen? – versuchte, ein Loch unter der Barriere hindurchzugraben.

Der Haufen war an der Barriere aufgetürmt.

Er nahm einen Stein von einem Haufen in der Nähe, kletterte ganz oben auf den Sandhügel und lehnte sich gegen die Barriere. Sein ganzes Gewicht lastete dagegen, so daß er in das Gebiet seines Gegners hinüberrollen mußte, wenn die Barriere plötzlich aufgehoben würde.

Er vergewisserte sich noch einmal, daß das Messer fest in seinem Gürtel steckte, daß die Harpune sicher in seiner Armbeuge lag, und daß das Seil an ihr und an seinem Handgelenk gut verknotet war. Dann hob er mit der rechten Hand den Stein, der ihn am Kopf treffen sollte. Bei diesem Schlag mußte das Glück ihm beistehen, er durfte nicht zu fest sein, damit er nicht zu lange in Bewußtlosigkeit versank, aber er mußte hart genug sein, ihm für die kurze Zeit die Besinnung zu rauben.

Er hatte das Gefühl, daß die Kugel ihn beobachtete. Sie würde ihn durch die Barriere rollen sehen und herbeikommen, um ihn zu untersuchen. Sie würde annehmen, daß er tot wäre, denn wahrscheinlich hatte sie die gleichen Schlüsse über die Barriere gezogen wie er. Aber sie würde vorsichtig kommen. Etwas Zeit würde ihm bleiben.

Er schlug zu . . .

Der Schmerz rief ihn ins Bewußtsein zurück. Ein plötzlicher, stechender Schmerz in seiner rechten Hüfte, der anders war als der dumpfe Schmerz in seinem Bein und in seinem Kopf.

Aber er hatte mit einem solchen Schmerz gerechnet, als er sein ganzes Unternehmen vorher im Kopf durchgespielt hatte. Ja, er hatte sogar auf einen solchen Schmerz gehofft. Er war darauf vorbereitet, nicht mit einer plötzlichen Bewegung aufzuwachen.

Er lag reglos, aber die Augen öffnete er einen Spalt und stellte fest, daß er richtig kalkuliert hatte. Die Kugel kam näher. Sie war vielleicht sechs Meter entfernt, und der Schmerz, der ihn geweckt hatte, stammte von einem Stein, den sie geworfen hatte, um festzustellen, ob er lebte oder tot war.

Er lag bewegungslos. Sie kam näher, war nur noch vier Meter entfernt und hielt wieder an. Carson atmete kaum.

So gut er es vermochte, versuchte er auch seinen Verstand völlig ruhig zu halten, damit ihre telepathischen Fähigkeiten sein Bewußtsein nicht entdecken konnten. Sein offener Verstand war den Gedankenimpulsen der Kugel preisgegeben. Der Ansturm dieser Impulse erschütterte Carsons Hirn.

Er fühlte nacktes Entsetzen vor der äußersten Fremdheit, der Andersartigkeit dieser Gedanken. Er spürte Impulse, die er nicht enträtseln konnte, weil die irdische Sprache keine Wörter dafür hatte, die er nicht in Bilder fassen konnte, weil es in seiner Verstandeswelt keine Bilder dafür gab. Der Verstand einer Spinne, dachte er, oder der einer Gottesanbeterin, oder auch eines marsianischen Sandkrebses, würde gegen diese Gedanken vertraut und bekannt erscheinen, wenn man die telepathischen Impulse dieser Tiere in menschliche Sprache übersetzen würde.

Er verstand nun, daß jenes Wesen recht gehabt hatte: für Menschen und diese Kugel war nicht gleichzeitig Platz in einem Universum. Sie waren weiter voneinander entfernt als Gott und Satan, zwischen ihnen konnte es keine friedliche Koexistenz geben.

Näher. Carson wartete, bis sie auf einen Meter heran war, bis sich ihre klauenbewehrten Tentakeln vorreckten . . .

Unempfindlich gegen alle Schmerzen schwang er sich auf und schleuderte die Harpune mit aller Kraft, die noch in ihm steckte. Ja, für diesen alles entscheidenden Wurf hatte er noch Kraft hinzugewonnen.

Als die Kugel, in die die Harpune tief eingedrungen war, davonzurollen begann, versuchte er auf die Füße zu kommen, um hinter ihr herzulaufen, aber das schaffte er nicht. Er fiel und ließ sich schleifen.

Der Zug an seinem Handgelenk riß ihn vorwärts. Sie zog ihn ein paar Meter, dann hielt sie an. Ihre verkrümmten Tentakel versuchten vergeblich, die Harpune aus dem Leib herauszureißen. Die Kugel schien zu zittern, dann mußte sie erkannt haben, daß sie nicht entkommen konnte, denn sie rollte auf ihn zu, die Tentakel vorgestreckt.

Das steinerne Messer fest in der Hand, erwartete er sie. Er schlug zu, wieder und immer wieder, während die schrecklichen Krallen Haut, Fleisch und Muskeln von seinem Körper rissen.

Er stach und hieb, und schließlich regte sich die Kugel nicht mehr.

Eine Glocke läutete, und er brauchte eine Weile, bis er sagen konnte, wo er war und was er war. Er war in den Sitz seines Aufklärers geschnallt, und der Bildschirm vor ihm zeigte nur den leeren Weltenraum. Kein Outsiderschiff und auch kein unmöglicher Planet.

Die Glocke gehörte zur Verständigungsanlage; jemand wollte, daß er den Empfänger einschaltete. Nur ein Reflex ließ ihn hinübergreifen und den Hebel umlegen.

Das Gesicht von Brander, dem Kapitän der *Magellan,* die das Mutterschiff seiner Aufklärereinheit war, flackerte auf dem Bildschirm auf. Sein Gesicht war bleich, und seine Augen glühten vor Erregung.

»Magellan an Carson«, schrie er, »laufen Sie ein! Der Kampf ist vorbei, wir haben gewonnen!«

Der Bildschirm war wieder leer. Wahrscheinlich rief Brander die anderen Aufklärer seines Kommandos.

Zögernd stellte Carson die Regler für den Rückflug ein. Langsam, ungläubig löste er seine Sicherheitsgurte und ging zum Trinkwassertank hinüber. Er leerte sechs Becher.

Er lehnte sich gegen die Bordwand und versuchte nachzudenken.

War es wirklich geschehen?

Er war in guter körperlicher Verfassung, unverletzt. Sein Durst war eher eine psychische als eine physische Erscheinung, seine Kehle war nicht trocken gewesen. Sein Bein . . . Er rollte das Hosenbein hoch und blickte auf seine Wade hinab. Dort war eine lange weiße Narbe, eine Narbe, die vollständig verheilt war. Vorher hatte er dort keine gehabt. Er öffnete sein Hemd über der Brust und stellte fest, daß sein gesamter Brustkorb von einem Netzwerk kleiner, fast unsichtbarer, gut verheilter Narben übersät war.

Es war geschehen.

Der Aufklärer glitt bereits – automatisch gesteuert – durch

das große Luk des Mutterschiffs. Greifer transportierten ihn in seine Bucht, und einen Augenblick später zeigte ein Summer an, daß die Staubucht des Aufklärers mit Luft gefüllt war. Carson öffnete seine Kabine, kletterte hinaus und trat durch die Doppeltür der Bucht.

Er ging direkt zu Branders Kabine, trat ein und grüßte.

Brander machte immer noch einen benommenen Eindruck.

»Hallo, Carson!« sagte er. »Da haben Sie ja einiges verpaßt! Das war eine Schau!«

»Was ist geschehen, Sir?«

»Genau wissen wir es auch nicht. Wir feuerten eine Salve – und ihre gesamte Flotte löste sich in Staub auf. Irgend etwas sprang wie ein Blitz von einem Schiff zum anderen über, sogar auf die, auf die wir gar nicht gezielt hatten, oder die, die außer Reichweite waren! Die ganze Flotte verschwand vor unseren Augen, und keines unserer Schiffe hat auch nur eine Schramme am Lack. »Wir können uns nicht einmal etwas darauf einbilden. Es muß eine unstabile Komponente in dem Metall gewesen sein, das sie benutzt hatten, und unser erster Schuß löste dann eine Art Kettenreaktion aus. Zu schade, daß Sie dieses Schauspiel verpaßt haben.«

Carson schaffte es, zu grinsen. Es war nur der garstige Schatten eines Grinsens, und es würde noch Tage dauern, bis Carson den seelischen Schock überwunden haben würde.

»Jawohl, Sir«, sagte er, denn er wußte, wenn er je von seinem Erlebnis erzählte, würde er für immer als der größte Aufschneider des ganzen Universums gelten. »Ja, Sir, es ist wirklich ein Pech, daß ich dieses Ereignis verpassen mußte.«

Aus dem Amerikanischen übersetzt von Ulrich Kiesow.

MURRAY LEINSTER

Erstkontakt

I

Mit den letzten Stereofotografien ging Tommy Dort in den Kontrollraum und sagte: »Ich bin fertig, Sir. Dies sind die beiden letzten Aufnahmen, die ich gemacht habe.«

Er übergab die Abzüge dem Kapitän und warf mit berufsmäßigem Interesse einen Blick auf die Visischirme, die den Weltraum außerhalb des Schiffes zeigten. In dem gedämpften roten Licht sah er die Kontrollen und Instrumente, die der Offizier vom Dienst für die Navigation des Raumschiffes *Llanvabon* benötigte. Vor den Armaturen stand ein weichgepolsterter Kontrollsessel. Und eine nützliche Erfindung: ein in einem bestimmten Winkel angebrachter Spiegel, der es einem Betrachter ermöglichte, die zahlreichen Visischirme zu betrachten, ohne dabei den Kopf drehen zu müssen. Es war eine Weiterentwicklung jenes alten Rückspiegels, den die Autofahrer des zwanzigsten Jahrhunderts benutzt hatten. Durch diesen Spiegel war eine völlige Rundumsicht des Schiffes gegeben. Sichtluken erübrigten sich also.

Die *Llanvabon* hatte sich weit von zu Hause entfernt. Die Visischirme zeigten Sonnen und Sternbilder aller vorstellbaren Größen in perfekter Klarheit und jenen charakteristischen Farben, die sich stark von jenen unterschieden, die man sah, wenn man sie durch die hindernde Lufthülle eines Planeten beobachtete. Und jeder dieser Sterne war ihnen unbekannt. Man konnte von hier aus nur zwei Sternbilder ausfindig machen, die man auch von der Erde aus sehen konnte, aber sie waren zusammengeschrumpft und schienen verzerrt. Es waren die Milchstraße, die von hier aus gesehen fremdartig wirkte, aber angesichts dessen, was sich vor dem Raumschiff ausbreitete, eher wie eine kleinere Merkwürdigkeit wirkte.

Vor der Nase der *Llanvabon* erstreckte sich ein ungeheurer Nebel. Er leuchtete hell und schien völlig bewegungslos zu sein. Es hatte lange gedauert, bis er auf den Visischirmen erschienen war, obwohl die Geschwindigkeitsmesser des Schiffes eine fast unglaubliche Eigenbewegung anzeigten. Dieser Schleier war der Crab-Nebel, sechs Lichtjahre lang und dreieinhalb durchmessend, und er hatte seinen Namen von irdischen Astronomen deswegen erhalten, weil seine Form der einer Krabbe glich. Er war eine Gaswolke, eine Zusammenballung feinster Materieteilchen, dessen Spiralarme wie die Beine jenes Meerestierchens wirkten, nach dem sie benannt worden war. Und tief in seinem Innern leuchteten zwei Sonnen. Es war ein Doppelstern: während der erste die vertraute, gelbe Farbe Sols besaß, schien die andere in einem grellen Weiß.

Nachdenklich sagte Tommy Dort: »Wir fliegen genau in den Nebel hinein, Sir.«

Der Kapitän betrachtete eingehend die letzten von Tommy gebrachten Fotos und legte sie zur Seite. Dann wandte er sich wieder der nervenaufreibenden Tätigkeit zu, die er beim Eintreten Tommys unterbrochen hatte. Sie bestand in der Beobachtung der Bildschirme.

Die *Llanvabon* war jetzt dabei, die Fahrt mit aller Kraft zu drosseln, da sie nur noch ein halbes Lichtjahr vom Crab-Nebel entfernt war. Es war Tommys Aufgabe gewesen, das Schiff bis hierhin zu führen, und nun, wo das Ziel erreicht war, gab es für ihn nicht mehr sonderlich viel zu tun. Den Rest der Zeit auf dem Forschungskreuzer würde er mit Nichtstun verbringen, ohne ein schlechtes Gewissen zu entwickeln. Immerhin hatte er für sein Gehalt etwas geleistet.

Tommy hatte etwas Einmaliges getan: er hatte eine komplette fotografische Sammlung von der Bewegung des Nebels während einer Lebensperiode von viertausend Jahren angelegt, und das allein war schon die lange Reise von der Erde bis hierher wert gewesen. Und zusätzlich hatte er die Lebensgeschichte der Doppelsonne auf Film gebannt. Die allmähliche Degeneration eines Sterns zu einem weißen Zwerg.

Dennoch war Tommy natürlich keine viertausend Jahre alt. Ganz im Gegenteil: er war gerade in den Zwanzigern. Aber der Crab-Nebel ist viertausend Lichtjahre von der Erde entfernt, und die beiden letzten Aufnahmen zeigten ihn so, wie er in viertausend Jahren von der Erde aus gesehen werden würde. Auf dem Flug hierher – der mit einer Geschwindigkeit erfolgt war, welche die des Lichts um das Zehntausendfache übertraf – war es ihm gelungen, eine viertausendjährige Sternengeschichte in wenigen Monaten auf Platten zu bannen.

Die *Llanvabon* schwebte durch das Sternenmeer. Langsam, sehr langsam verschob sich der leuchtende Nebel auf den Visischirmen. Er füllte sie nun zur Hälfte aus und degradierte das übrige Universum zu einem Randfaktor. Vor ihnen breitete sich ein milchiger Schein aus, hinter ihnen war nur noch sternengefüllte Leere. Nur wenige hinter dem Nebel liegende Sonnen konnten die Ränder der Gaswolke mit ihrem Leuchten durchdringen. Es waren die größten Sterne, die dies schafften, und es waren nur sehr wenige. Die *Llanvabon* tauchte in den Nebel ein, und es schien, als bewege sie sich in einem Tunnel voller Finsternis, dessen Wände aus wabernden Schleiern bestanden.

Weiter und weiter drang das Schiff vor. Bereits die aus großer Entfernung geschossenen Fotos hatten offenbart, daß es innerhalb des Nebels strukturelle Formen gab. Er war nicht amorph. Als sie näher kamen, erkannten sie deutlich, daß die Strukturen immer besser sichtbar wurden. Tommy hatte bereits vor ihrer Ankunft darum gebeten, einen anderen Kurs zu fliegen, da er vorhatte, diese Phänomene mit seiner dreidimensionalen Kamera von verschiedenen Orten aus aufzunehmen. Die Strukturen, die sie bereits aus der Ferne wahrgenommen hatten, waren Dunkelarme, Tiefen, die in den Schleier hineinragten und völlig schwarz und bar jeder Materie waren. Und je weiter sie eindrangen, desto klarer wurde ihnen, daß die Tiefen einer Eigenbewegung unterworfen waren, daß sie pulsierten und sich veränderten. Man hatte sie ›Tiefen‹ genannt, weil sie irgendwie an jene Gräben auf dem Boden irdischer Ozeane erinnerten. Und sie schienen nützlich zu sein.

Der Kapitän entspannte sich. Es war eine von seinen Aufgaben, Schwierigkeiten von vornherein zu erkennen und weitgehend auszuschalten, und da der Mann äußerst gewissenhaft zu Werke ging, atmete er erst auf, nachdem die Instrumente ihm bestätigt hatten, daß ihnen hier keine Gefahr drohte.

»Es bestand immerhin die Möglichkeit«, sagte er, »daß die Tiefen aus nichtleuchtendem Gas bestanden. Aber sie sind leer. Das bedeutet, daß wir auch weiterhin mit Überlichtgeschwindigkeit fliegen können, solange wir uns im Nebel aufhalten.«

Um in die Nähe des Doppelsterns zu gelangen, hatten sie noch eine Entfernung von eineinhalb Lichtjahren zurückzulegen. Und darauf hatte anfangs das ganze Problem basiert. Innerhalb des Nebels wäre es unmöglich gewesen, mit Überlichtgeschwindigkeit zu reisen, denn dazu benötigte ein Sternenschiff das Vakuum zwischen den Sternen. Auch wenn der Nebel aus Gas bestand und von unglaublicher Feinheit war – ein Schiff, daß mit Überlichtgeschwindigkeit dahinraste, konnte nicht einmal die Berührung durch ein etwas härteres Vakuum tolerieren. Das geringste Vorhandensein von Materie hätte sie gezwungen, normale Reisegeschwindigkeit zu benutzen. Und dabei war der Schweif eines Kometen im Vergleich zur Dichte dieses Nebels beinahe ein fester Körper.

Die ersten Nebelfetzen glitten an ihnen vorbei, während die *Llanvabon* weiter verlangsamte. Dann wurde die Unterlichtgeschwindigkeit erreicht, und die Besatzung verspürte das charakteristische Kribbeln, das sich stets ihrer Körper bemächtigte, wenn das Schiff aus dem Überlichtfeld auftauchte.

Und dann, fast gleichzeitig, begannen überall im Schiff die Alarmglocken zu schrillen. Tommy wurde fast taub, als die Glocke des Kontrollraums zum Leben erwachte. Dann schaltete der Offizier vom Dienst sie mit einer raschen Handbewegung ab. Aber das Schrillen aus den anderen Abteilungen blieb unüberhörbar. Das Geläute verstummte erst dann, als sich automatisch die Schotten zu schließen begannen.

Tommy Dort starrte den Kapitän an, dessen Hände sich öffneten und schlossen. Er war aufgestanden und warf einen Blick über die Schulter des diensthabenden Offiziers. Einer der Bildschirme begann verrückt zu spielen, während die anderen offensichtlich versuchten, den Grund des Alarms zu lokalisieren. Ein Strahlenbündel huschte über den Schirm und wurde erfaßt. Der Schirm zeigte die Richtung an, in der sich der alarmauslösende Störfaktor aufhielt. Es handelte sich um einen nicht besonders großen Gegenstand, der etwa achttausend Meilen von der *Llanvabon* entfernt war. Ein fester Körper. Aber er war nicht allein. Es gab noch einen zweiten, der seine Geschwindigkeit in Intervallen von Null bis Unendlich veränderte und dessen Größe zwischen winzig und riesengroß schwankte.

»Schalten Sie die Verstärkung ein«, befahl der Kapitän.

Das Strahlenbündel verschob sich nach rechts, als die Vergrößerung einsetzte, aber sonst geschah nichts. Absolut nichts.

Und dennoch zeigte das Radarsystem an, daß sich das unsichtbare Objekt noch immer mit ungeheurer Geschwindigkeit der *Llanvabon* näherte, als beabsichtige es, mit dem Sternenschiff zu kollidieren. Dann wich es wieder mit der gleichen Schnelligkeit zurück.

Die Vergrößerung wurde auf die höchstmögliche Stufe eingestellt. Immer noch nichts. Der Kapitän knirschte mit den Zähnen. Nachdenklich meinte Tommy Dort: »Wissen Sie, Sir, ich habe einmal etwas Ähnliches erlebt, als ich mich auf einem Flug zwischen Erde und Mars befand. Damals erfaßte uns ein anderes Schiff mit einem Suchstrahl, der auf der gleichen Frequenz lag wie der unserige. Dadurch wurde der andere Strahl gekontert, und auf unseren Schirmen erschien das gleiche Phänomen wie jetzt.«

»Hm«, meinte der Kapitän, »das könnte eine Erklärung sein. Sie haben irgendeine Art von Suchstrahl auf uns gerichtet, der den unseren wie ein Echo zurückwirft. Aber das andere Schiff ist unsichtbar! Wer kann das ein, der in einem unsichtbaren Schiff sitzt und über Suchstrahlen verfügt? Doch garantiert keine Menschen!«

Er aktivierte eine Schaltung des Kommunikationssystems und rief: »An alle Stationen! Zu den Waffen! Ab sofort herrscht in allen Abteilungen höchste Alarmstufe!«

Wieder öffneten und schlossen sich seine Hände. Der Kapitän blickte auf den Bildschirm, auf dem sich immer noch nichts abzeichnete außer dem formlosen Glanz des Nebels.

»Keine Menschen?« fragte Tommy erschrocken. »Sie meinen . . .«

»Wie viele Sonnensysteme existieren in unserer Galaxis?« fragte der Kapitän zurück. »Und wie viele Planeten, die fähig sind, Leben zu tragen? Und wie viele Arten von Lebewesen kann es mithin geben? Wenn das Schiff nicht von der Erde stammt – und ich bin mir da ziemlich sicher –, besteht seine Mannschaft aus nichtmenschlichen Geschöpfen. Und Wesen, die keine Menschen sind, aber die interstellare Raumfahrt kennen, können für uns alles mögliche bedeuten!«

Die Hände des Kapitäns zitterten leicht. Vor einem gewöhnlichen Mannschaftsmitglied hätte er wahrscheinlich nicht in derart offener Weise geredet, aber Tommy Dort gehörte immerhin dem Stab an. Und er war sich natürlich auch im klaren darüber, daß es gelegentlich vorteilhafter war, seine Besorgnis offen auszusprechen, anstatt sie zu verdrängen oder zu unterdrücken. Manchmal ist es wirklich besser, laut zu denken.

»Über eine solche Situation hat man seit Jahren herumspekuliert«, sagte der Kapitän leise. »Rein mathematisch gesehen, hat es nie einen Zweifel daran gegeben, daß irgendwo eine Rasse existiert, deren Entwicklung weiter fortgeschritten ist als unsere. Natürlich konnte niemand voraussehen, wann eine Begegnung zwischen uns und ihnen stattfinden würde. Aber es sieht so aus, als sei diese Situation jetzt eingetreten!«

Tommys Augen leuchteten auf.

»Glauben Sie, daß sie uns freundlich gesinnt sind, Sir?« fragte er interessiert.

Der Kapitän betrachtete den Bildschirm. Noch immer führte das phantomhafte Objekt seine irrsinnigen Sprünge zwischen dem anderen Schiff und der *Llanvabon* aus. Das fremde Schiff näherte sich allerdings mit konstanter Geschwindigkeit.

»Es bewegt sich«, sagte der Kapitän, »und kommt auf uns zu. Ich frage mich, was *wir* tun würden, wenn sich uns in unserem Machtbereich ein fremdes Schiff nähern würde? Wären wir freundlich? Vielleicht. Auf jeden Fall würden wir versuchen, mit den anderen einen Kontakt herzustellen. Wir würden es müssen. Ich vermute, daß wir uns in jedem Falle dem Ende unserer Forschungsexpedition nähern. Zum Glück sind wir jedenfalls nicht unbewaffnet.«

Die Blaster, über die die *Llanvabon* verfügte, waren ursprünglich dazu vorgesehen gewesen, umherirrende Meteore zu vernichten. Obwohl sie an sich keine Waffen waren, konnte man sie durchaus als solche verwenden. Sie konnten eine Entfernung von fünftausend Meilen überbrücken, wenn man den ganzen Energiehaushalt des Schiffes für ihre Inbetriebnahme einsetzte. Mit automatischer Zielgenauigkeit war es für die Blaster eine Kleinigkeit, ein Loch in kleinere Asteroiden zu bohren, die den Weg des Schiffes behinderten. Allerdings konnte man sie nicht während des Überlichtfluges einsetzen.

Tommy Dort, der vor den Bildschirmen stand, fuhr bei der Erwähnung der Blaster erschreckt zusammen. »Die Blaster, Sir?« stieß er hervor. »Aber wofür?«

Der Kapitän schnitt eine Grimasse und deutete auf den leeren

Schirm. »Weil wir nicht wissen, wer sie sind, und keinerlei Risiko eingehen dürfen. Ich weiß«, fügte er mit bitterer Stimme hinzu, »daß es natürlich unsere Pflicht ist, einen Kontaktaufnahmeversuch zu machen und alles über sie herauszufinden, was für uns von Interesse sein kann – und ganz besonders, woher sie kommen. Aber wir dürfen ihnen trotz allem nicht trauen, keinesfalls! Sie verfügen über Suchstrahlen. Vielleicht haben sie sogar Geräte, die besser sind als unsere. Möglicherweise ist es eine Kleinigkeit für sie, unseren Kurs zur Erde zu verfolgen, ohne daß wir auch nur das geringste davon wahrnehmen. Wir dürfen nicht zulassen, daß eine nichtmenschliche Rasse die Position der Erde erfährt, ehe wir nicht genau wissen, welche Absichten sie verfolgt! Aber wie können wir das herausfinden? Es besteht natürlich die Möglichkeit, daß sie lediglich an Handelsbeziehungen interessiert sind – aber genausogut könnten sie eines schönen Tages mit einer Flotte von Überlichtschiffen bei uns auftauchen und uns ausradieren, bevor wir überhaupt kapiert haben, was sich da anbahnt.«

Tommys Gesicht zeigte Verwirrung.

»Rein theoretisch hat man all diese Fragen schon so oft erörtert«, fuhr der Kapitän fort, »daß einem der Schädel brummt. Aber bisher hat es keine klare Anweisung gegeben, wie man sich in einem Kontaktfall verhalten soll. Wissen Sie, man hat bisher noch nicht einmal damit gerechnet, daß sich zwei Schiffe draußen im Weltraum begegnen, die praktisch auf sich allein gestellt sind, und von der die eine Besatzung nicht die Lage der Heimat der anderen kennt und umgekehrt. Es liegt nun an uns, die richtige Verhaltensweise zu finden und zu praktizieren. Vielleicht sind die anderen ja feinsinnige Schöngeister, hübsch, nett und freundlich – aber haben unterschwellig möglicherweise eine sadistische Ader. Vielleicht haben sie von allem etwas. Ich kann es trotzdem nicht riskieren, das zukünftige Schicksal der Menschheit aufs Spiel zu setzen, ehe ich nicht genau weiß, wer sie sind und was sie planen. Es wäre wirklich erstrebenswert, die Bekanntschaft und Freundschaft einer anderen Zivilisation zu machen, denn das würde unsere eigene Kultur so stark stimulieren, daß wir auch in Zukunft Großes leisten werden. Aber das Risiko ist zu groß. Ich muß vermeiden, daß sie die Position der Erde in Erfahrung bringen. Entweder bekommen wir heraus, ob sie uns nicht folgen können – oder wir kehren nicht mehr zurück.

Und ich bin davon überzeugt, daß sie in diesem Fall nicht anders denken.«

Erneut betätigte er den Knopf des Kommunikationssystems. »Achtung! Eine Durchsage an alle Navigationsoffiziere! Sämtliche Sternenkarten sind zur umgehenden Vernichtung vorzubereiten. Dies beinhaltet ebenso alle Fotos und Diagramme, die dazu dienen könnten, unseren Kurs zur Erde zurückzuverfolgen. Dazu gehören auch alle astronomischen Daten. Ich möchte, daß sie alle innerhalb einer einzigen Sekunde vernichtet werden können, sobald ich den Befehl dazu gebe. Beginnen Sie, und melden Sie Vollzug!«

Er ließ den Knopf los und sah plötzlich viel älter aus. Der erste Kontakt der Menschheit mit einer fremden Rasse war an sich schon eine bedeutende Sache, und man hatte sie auf vielerlei Arten vorausgesehen – nur die Situation, in der sie stattfand, war ein Kapitel für sich. Nun standen sie sich gegenüber, hier das Erdschiff und dort das der Fremden. Beide waren allein im Nebel. Und auf sich selbst und keinen anderen angewiesen, weit von ihren Heimatwelten entfernt. Vielleicht wollten beide den Frieden, vielleicht aber spiegelte man einander lediglich die Freundlichkeit vor, um dann in einem plötzlichen Angriff den anderen zu vernichten. Allzugroße Vertrauensseligkeit mochte zum Untergang der menschlichen Rasse führen, während zu großes Mißtrauen vielleicht eine gesunde Handelsbeziehung verhinderte. Jeder Fehler würde von nun an unkorrigierbar sein, jedes Versagen in punkto Wachsamkeit konnte fatale Folgen nach sich ziehen.

Im Kontrollraum herrschte atemlose Stille. Auf dem Bildschirm zeigte sich ein kleiner Ausschnitt des Nebels. Es war wirklich nur ein kleiner Ausschnitt, ein diffuser, leuchtender Schimmer. Und plötzlich streckte Tommy Dort die Hand aus.

»Dort, Sir!«

Im Nebel hing ein Schatten. Er war weit entfernt und so dunkel, daß man ihn mit der polierten Außenhülle der *Llanvabon* nicht vergleichen konnte. Er war tropfenförmig, weitere Einzelheiten waren aufgrund der Entfernung nicht auszumachen. Zumindest stand nun fest, daß es sich um ein künstliches Objekt handelte. Schließlich warf Tommy einen Blick auf die Entfernungsanzeige und sagte mit ruhiger Stimme: »Das Schiff kommt mit unverminderter Geschwindigkeit auf uns zu, Sir. Ich zweifle nicht daran, daß die Fremden das gleiche zu tun beabsichtigen wie wir, Sir: nämlich zu verhindern versuchen, daß wir die Position *ihres* Heimatplaneten herauskriegen. – Glauben Sie, daß sie die Waffen einsetzen, wenn sie uns nahe genug gekommen sind?«

Die *Llanvabon* hatte mittlerweile die Tiefe des leeren Raums verlassen und war in den leuchtenden Nebel eingetaucht. Außer den beiden dicht beieinanderstehenden Sternen im Herzen der Gaswolke waren keine anderen Sonnen sichtbar. Ein seltsames Leuchten umgab das Schiff. Es erinnerte an die Beleuchtung einer Unterwasserlandschaft in den irdischen Tropen.

Noch immer hatte das fremde Schiff keinerlei Anzeichen einer Drohung von sich gegeben. Je näher es der *Llanvabon* kam, desto mehr verringerte es seine Geschwindigkeit. Genauso verfuhr auch das irdische Raumschiff. Es wurde immer langsamer und hielt schließlich an, womit es dokumentierte, daß es die Anwesenheit des anderen zur Kenntnis genommen hatte und abwartend verharrte. Das Haltemanöver deutete gleichzeitig eine freundliche Absicht und Vorsicht gegenüber einem eventuellen Angriff an. In den Positionen, die sie nun einnahmen, war es für beide Schiffe ein leichtes, bei einem eventuellen Überraschungsangriff des anderen auf der Stelle unter Einsatz vollster Maschinenleistung den Schauplatz zu wechseln.

Die nun folgende Annäherung stand im Zeichen allerhöchster Konzentration und Spannung. Die Nase der *Llanvabon* zeigte genau auf das Schiff der Fremden. Eine Relaisschaltung würde es dem Kapitän ermöglichen, beim geringsten Anzeichen einer Feindseligkeit mit einem einfachen Daumendruck sämtliche Blaster mit Maximalenergie abzufeuern. Tommy runzelte die Stirn. Ihm wurde klar, daß die Zivilisation der Fremden einen beachtlichen Stand erreicht haben mußte, wenn sie über Sternenschiffe verfügten. Eine Zivilisation solcher Größe konnte nicht ohne Voraussicht funktionieren, und das mochte beinhalten, daß auch sie auf einen ersten Kontakt mit einer anderern Rasse vorbereitet waren. Auch sie mußten sich – ebenso wie die Menschen an Bord der *Llanvabon* – über die Implikationen im klaren sein, die eine solche Begegnung aufwarf.

Das deutete möglicherweise darauf hin, daß sie den Menschen ähnlich waren. Wenn ihre Technologien einander ähnlich waren, war es vielleicht auch die Denkweise. Ein Austausch von Erfahrungen konnte für beide Kulturen von Vorteil sein, auch wenn es darauf hinauslief, daß die eine Rasse sich der anderen unterordnen mußte, um einen Krieg zu vermeiden. Allerdings würde es nicht ohne Schwierigkeiten abgehen, daß sich Völker, die auf verschiedenen Welten ähnliche Entwicklungen durchgemacht hatten, sich einander unterordnen würden. Zumindest die Menschen würden sich niemals unterwerfen, und für eine Rasse, die ihnen ähnlich war, würden sicher die gleichen Vorstellungen gelten. Auch gute Handelsaussichten würden nicht dazu führen, daß man einmal erkämpfte Positionen aufgab. Vielleicht – vielleicht! – dachten die Fremden genauso. Aber in jedem Volk gab es Leute, die gegen einen Krieg nichts einzuwenden hatten. Und wenn das fremde Schiff nun mit der Neuigkeit zu seinem Heimatplaneten zurückkehrte, daß es noch eine andere raumfahrende Rasse im All gab, hatten die Fremden die Wahl zwischen Handel und Krieg. Die einen würden vielleicht den Handel, die anderen den Krieg vorziehen. Aber um Handel zu treiben, benötigt man zwei Parteien, zur Kriegführung nur eine. Ebensowenig wie die Fremden sich der Friedfertigkeit der Menschen sicher sein konnten, konnten dies die Menschen in bezug auf die Fremden sein. Die einzige absolut sichere Möglichkeit, die Position des eigenen Heimatplaneten zu verbergen, war vielleicht die, das gegnerische Schiff zu vernichten. Und zwar hier und jetzt.

Aber auch ein eventueller Sieg über das andere Schiff würde nicht unbedingt alle Probleme lösen. Die Menschheit mußte erfahren, woher die Fremden kamen und wie man sich gegen künftige Angriffe wappnen konnte. Sie mußten Erfahrungen sammeln über die Waffensysteme der anderen und ihre Operationsmöglichkeiten. Und in dieser Beziehung dachte der Kommandant der *Llanvabon* sicher nicht anders als der Kapitän des fremden Schiffes.

Der Knopf, der die Fremden hätte ins Nichts blasen können, blieb auf der *Llanvabon* unberührt. Der Kapitän wartete, hielt seinen Daumen jedoch in Bereitschaft. Auf seiner Stirn sammelten sich erste Schweißtropfen.

Aus einem Lautsprecher drang eine Stimme aus dem Nebenraum.

»Das andere Schiff hat gestoppt, Sir. Es bewegt sich nicht mehr. Wir haben alle Blaster darauf gerichtet.«

Die *Llanvabon* hätte jetzt die beste Chance gehabt, aber der

Kapitän schüttelte den Kopf. Das fremde Schiff war nun nicht mehr als zwanzig Meilen entfernt. Es war tiefschwarz, und außer einigen Unregelmäßigkeiten war im Schein des Nebels auf der Außenhülle nichts zu entdecken.

»Das Schiff steht jetzt völlig unbeweglich«, sagte die Stimme aus dem Lautsprecher jetzt. Es war nun ein anderer Mann. »Wir haben eine modulierte Kurzwelle aufgenommen, Sir, die zweifellos von den Fremden stammt. Vermutlich handelt es sich dabei um ein Signal. Es war nicht stark genug, um einen Schaden anzurichten.«

Mit zusammengebissenen Zähnen erwiderte der Kapitän: »Irgend etwas geschieht jetzt dort drüben. Ich kann Bewegungen an der Außenhülle erkennen. Behalten Sie das im Auge. Und richten Sie die Blaster darauf.«

Etwas Kleines und Rundes bewegte sich aus dem Schatten des schwarzen Schiffes heraus; gleichzeitig setzte sich das Mutterschiff in Bewegung.

»Es entfernt sich, Sir«, meldete der Mann durch den Lautsprecher. »Das Objekt, das sie herausgelassen haben, ist stationär.«

Eine andere Stimme warf ein: »Erneute und verstärkte Funktätigkeit, Sir. Unverständlich.«

Tommy Dorts Augen leuchteten, während der Kapitän, dessen Stirn schweißbedeckt war, keine Sekunde den Bildschirm aus den Augen ließ.

»Aber das ist ja großartig, Sir«, platzte Tommy plötzlich heraus. »Hätten sie sich von Anfang an zurückgehalten und uns etwas entgegengeschickt, hätten wir es leicht für eine ferngesteuerte Bombe halten können! Um jedes Mißverständnis zu vermeiden, kamen sie nahe zu uns heran und setzten ein Beiboot aus – oder einen Mann –, um einen Kontaktversuch zu unternehmen. Weder sie noch wir riskieren auf diese Art unsere Schiffe. Es sieht so aus, als sei ihre Denkart der unseren sehr ähnlich, Sir.«

Ohne den Blick vom Bildschirm abzuwenden, sagte der Kapitän: »Mr. Dort, wären Sie bereit, die *Llanvabon* zu verlassen und sich das Ding dort draußen einmal aus der Nähe anzusehen? Natürlich kann ich Ihnen keinen Befehl zu einem solchen Unternehmen geben. Aber ich kann auch keinen Mann von den Maschinen abziehen. Und die Beobachter . . .«

». . . sind beschäftigt. Aber selbstverständlich mache ich das, Sir!« Tommy strahlte. »Ich würde jedoch am liebsten auf ein Boot verzichten und mich nur mit einem steuerbaren Raumanzug zu den Leuten hinüberbegeben, Sir. Ein solcher Anzug ist viel kleiner, und es ist fast unmöglich, eine Bombe darin zu verstecken. Wir sollten die anderen nicht unnötig mißtrauisch machen. Ja, und ein Prüfgerät könnte ich auch noch gebrauchen.«

Das fremde Schiff zog sich weiterhin zurück. Vierzig, achtzig, schließlich vierhundert Meilen. Dann hielt es an und schwebte lautlos und wartend im Weltraum.

Nachdem er in seinen atombetriebenen Raumanzug geklettert war und in der Luftschleuse der *Llanvabon* stand, hörte Tommy durch den Helmlautsprecher die Befehle und Anweisungen, die wie Bienengesumm durch das Schiff gingen. Das das andere Schiff seinen Rückzug nach vierhundert Meilen gestoppt hatte, ermutigte ihn. Möglicherweise besaß es keine Waffen, die eine größere Reichweite hatten, und vermutete das auch von der *Llanvabon.* Aber kaum hatte sich der Gedanke in Tommys Bewußtsein geformt, als sich das Schiff wieder in Bewegung setzte und weiter zurückwich. Das, vermutete Tommy, konnte daran liegen, daß die Fremden in letzter Konsequenz Angst vor der eigenen Courage bekommen hatten. Oder sie wollten zumindest in ihm diesen Eindruck erwecken.

Er stieß sich von der silbrigleuchtenden Hülle der *Llanvabon* ab und schwebte kurz darauf in der phosphoreszierend leuchtenden Leere. Es war ein Erlebnis, das vor ihm noch kein Erdenmensch gehabt hatte. Hinter ihm wechselte die *Llanvabon* die Position und begann sich langsam zu entfernen. Durch den Helmlautsprecher drang die Stimme des Kapitäns an Tommys Ohren.

»Wir ziehen uns ebenfalls zurück, Mr. Dort. Die Möglichkeit, daß dieses runde Ding dort eine getarnte Bombe ist, ist leider nicht auszuschließen. Möglicherweise ist es für die Fremden nicht ungefährlich, sie direkt von ihrem Schiff aus auf Kurs zum Ziel zu setzen. Wir ziehen uns zurück. Setzen Sie Ihr Prüfgerät ein.« Die Begründung des Kapitäns war zwar verständlich, aber nicht gerade beruhigend. Eine Bombe, die alles vernichten konnte, was sich in einem Umkreis von zwanzig Meilen befand, war theoretisch möglich, auch wenn die Menschen über eine solche Waffe nicht verfügten. Es war für die *Llanvabon* wirklich am sichersten, sich zurückzuziehen.

Und Tommy fühlte sich plötzlich sehr einsam, während er durch die große Leere schwebte und sich auf den kleinen, dunklen Punkt zubewegte, der bewegungslos inmitten des Nebels hing. Die *Llanvabon* verschwand. Ihre leuchtende Außenhülle war in diesem glitzernden Nebelmeer nicht mehr auszumachen. Und ebenso war das fremde Schiff mit bloßem Auge nicht mehr zu erkennen. Tommy schwamm durch das Nichts, viertausend Lichtjahre von zu Hause entfernt, und näherte sich einem kleinen Objekt, das der einzige greifbare Gegenstand im Universum war.

Es handelte sich um eine leicht abgeflachte Kugel mit einem Durchmesser von knapp zwei Metern, und sie erzitterte ein wenig, als Tommy, mit den Füßen zuerst, auf ihr landete. Fühlerartige Antennen, die in allen möglichen Richtungen von ihr abstanden, erinnerten ihn an Seeminen. Die Enden der Antennen waren mit Kristallen versehen.

»Ich bin am Ziel«, meldete Tommy durch das Helmmikrofon. Er hielt sich an einer Antenne fest und besah sich das Objekt genauer. Es bestand aus tiefschwarzem Metall, und so sehr er sich auch anstrengte, irgendwelche Besonderheiten zu entdecken, fiel ihm nichts auf. Er fand nicht einmal eine Nahtstelle, geschweige denn irgendeinen Hinweis auf eine Funktion.

»Fehlanzeige, Sir«, meldete Tommy. »Es gibt nichts zu berichten, was wir nicht schon wissen.«

Er fühlte plötzlich durch den Raumanzug hindurch eine leichte Erschütterung. Ein Teil der Kugelhülle öffnete sich. Also bestand sie doch aus zwei Teilen. Vorsichtig bewegte sich Tommy auf die Öffnung zu. Er rechnete damit, jede Sekunde dem ersten außerirdischen Lebewesen Auge in Auge gegenüberzustehen.

Aber was er sah, war nichts anderes als eine flache Platte, auf der sich gedämpfte rote Lichtpunkte hin und her bewegten, ohne erkennbares Ziel. Sofort gab er seine Entdeckung durch, und der Kapitän erwiderte: »Sehr gut, Mr. Dort. Schalten Sie das Suchgerät ein und senden Sie. Sie haben uns einen einfachen Roboter geschickt, der über einen Infrarotbildschirm verfügt, der Kommunikationszwecken dient. Egal, was wir auch anstellen könnten, wir würden höchstens ein wenig Technik beschädigen. Möglicherweise rechnen sie damit, daß wir das Ding zu uns an

Bord holen, und haben irgendwie eine Bombe eingebaut, die hochgeht, sobald sie sich auf Heimatkurs begeben. Wir werden ein Suchgerät draußen anbringen, womit wir die Kugel beobachten können. Sie kehren zum Schiff zurück.«

»Verstanden, Sir«, gab Tommy zurück. »Aber – in welcher Richtung befinden Sie sich?«

Um ihn herum gab es keine Sterne. Alles, was Tommy von der Oberfläche des kugelförmigen Roboters aus sehen konnte, war die Doppelsonne im Zentrum des Nebels. Er hatte völlig die Orientierung verloren. Und ein Bezugspunkt war zu wenig, um von ihm aus die *Llanvabon* wiederzufinden.

»Schweben Sie auf die Doppelsonne zu«, kam die Anweisung über die Helmlautsprecher. »Wir fischen Sie auf.«

Ein wenig später trieb eine weitere einsame Figur an ihm vorbei auf das fremde Beiboot zu, eingehüllt in einen Raumanzug und ein Suchgerät mit eingebauter Fernsehkamera mit sich tragend. Somit bestand nun für beide Schiffe die Möglichkeit, miteinander Kontakt aufzunehmen, ohne die Schiffe zu gefähren. Die beiden unterschiedlichen Bildsysteme würden in der Lage sein, alle Informationen zu übermitteln, die man zu geben gewillt war. Man würde miteinander darüber debattieren können, auf welche Art und Weise man den anderen davon überzeugen konnte, daß der erste Kontakt mit einer anderen Rasse nicht zur Vernichtung des eigenen Volkes führte.

Aber die sicherste Methode, zu verhindern, daß man betrogen wurde, war immer noch die eines blitzschnellen und tödlichen Angriffs – die putative Notwehr.

II

Die *Llanvabon* war ein Raumschiff, das zwei Ziele gleichzeitig verfolgte. Einmal hatte man sie von der Erde losgeschickt, um genauere Informationen über das Doppelsonnen-System innerhalb des Crab-Nebels zu sammeln. Dieser Nebel war das Resultat einer der gewaltigsten Explosionen, von denen die Menschheit wußte, und sie hatte irgendwann im Jahre 2946 v. Chr. stattgefunden. Chinesische Astronomen hatte sie im Jahre 1054 beobachtet, und das war keineswegs schwierig gewesen, denn die Auswirkungen dieser Explosion waren dreiundzwanzig Tage lang – und keinesfalls nur nachts – zu sehen. Der Lichtschein – obwohl der Schauplatz des Ereignisses viertausend Lichtjahre von der Erde entfernt – war heller gewesen als der der Venus.

Aufgrund dieser Tatsachen war es für die Astronomen des zwanzigsten Jahrhunderts natürlich kein Problem, das Ausmaß dieser Katastrophe festzustellen. Die ausgeschleuderte Materie breitete sich mit einer Geschwindigkeit von 2 300 000 Meilen in der Stunde aus; das waren mehr als 38 000 Meilen in der Minute und etwas mehr als 638 Meilen pro Sekunde. Als man im zwanzigsten Jahrhundert die Teleskope auf diese Stelle richtete, war nur noch das Doppelsonnen-System übriggeblieben – und der Nebel. Der hellere der beiden Sterne besaß eine solch hohe Oberflächentemperatur, daß er in seinem Spektrum keine Linien zeigte. Während die Oberflächentemperatur Sols 7 000 Grad beträgt, liegt die des weißen Zwergs bei 500 000. Er hat nahezu die Masse Sols, sein Durchmesser beträgt aber nur ein Fünftel, so daß seine Dichte nahezu 173mal größer ist als die des Wassers und sechzehnmal größer als die von Blei und achtmal größer als die von Iridium, die schwerste Substanz, die man auf der Erde kennt. Aber selbst diese Dichte ist für einen weißen Zwerg ungewöhnlich, und das liegt daran, daß der, den die *Llanvabon* untersuchen sollte, innerhalb des Crab-Nebels eine Ausnahme bildete. Der weiße Zwerg des Doppelsonnensystems stand kurz vor seinem Zusammenbruch. Die Beobachtung eines solchen Objekts lohnte sogar den Einsatz eines Forschungsschiffes. Und deshalb hatte man die *Llanvabon* losgeschickt. Die Begegnung mit einem fremden Raumschiff, dessen Insassen offenbar ähnliche Absichten hatten, überschatteten den eigentlichen Sinn der Expedition und gaben ihr mithin ein zweites, vielleicht wichtigeres Ziel.

Eine kleine Kugel, die ein Roboter war, schwebte inmitten der Gaswolke, und das hatte dazu geführt, daß die komplette Besatzung der *Llanvabon* mit angespannten Nerven auf den Posten stand. Während die einen in höchster Alarmbereitschaft verharrten, gingen die anderen mit unterschwelliger Angst daran, alle Spuren zu verwischen, die den Fremden eventuell die Möglichkeit einräumen konnten, den Kurs des Sternenschiffes bis zur Erde zurückzuverfolgen.

Das fremde Schiff repräsentierte eine Kultur, die fähig war, interstellare Raumreisen durchzuführen. Und da die seit mehr als fünftausend Jahren zurückliegende Explosion in diesem Gebiet alles Leben ausradiert haben mußte, konnte das nur bedeuten, daß sie aus einem weiter entfernt liegenden Sonnensystem kommen mußten. Und ihre Reise hatte – ebenso wie die des irdischen Schiffes – wissenschaftliche Ziele. Etwas anderes konnte man in diesem Nebel einfach nicht suchen.

Das bedeutete, daß ihre Entwicklung der der Menschen zumindest ebenbürtig war, daß sie vielleicht bereit waren zu handeln oder zu tauschen, und das in Freundschaft. Aber ebenso würden sie vielleicht annehmen, daß die Existenz der Menschheit eine potentielle Gefahr für ihre eigene Rasse darstellte. Beide Möglichkeiten waren vorhanden: sie konnten Freunde, aber auch Todfeinde werden. Jedes Volk war und blieb, selbst wenn man es nicht wahrhaben wollte, eine unterschwellige Gefahr für das andere. Und die einzige Möglichkeit, einer Gefahr zuvorzukommen, besteht darin, daß man sie von vornherein abschafft.

Und hier im Crab-Nebel würde es zu einer Entscheidung kommen müssen. Hier würde sich entscheiden, auf welcher Basis man sich in der Zukunft verständigte. Wenn es gelang, freundschaftliche Beziehungen miteinander anzuknüpfen, war damit ein zum Tode verdammtes Volk gerettet, würde überleben, und beide konnten daraus einen Nutzen ziehen. Aber zuerst würde es zu einer entscheidenden Begegnung kommen müssen – und dann mußte immer noch mit Verrat gerechnet werden. Es war Vertrauen nötig. Keines der beiden Schiffe würde zu seiner Heimat zurückkehren, ehe es sich nicht von den guten Absichten des anderen hundertprozentig überzeugt hatte. Niemand würde ein Risiko eingehen. Die einzige Sicherheit, die absolute Gewißheit, nicht betrogen zu werden, war die Zerstörung des anderen. Oder die Selbstvernichtung.

Aber im Gegensatz zu einem gewöhnlichen Krieg würde auch die Zerstörung das Problem für die Zukunft nicht lösen. Sowohl die Menschen der Erde als auch die Fremden verfügten über interstellare Schiffstriebwerke. Ergo auch über Atomwaffen. Und die Fremden hatten Suchstrahlen und ein ausgezeichnetes

Nachrichtensystem. Über welche Waffen verfügten sie? Welchen Stand hatte ihre Kultur erreicht? Wie sahen sie aus? Bestand überhaupt die Möglichkeit freundschaftlicher Handelsbeziehungen? Oder war man voneinander so verschieden, daß man einem Krieg überhaupt nicht ausweichen konnte? Wenn eine friedliche Entwicklung möglich war – welchen Schritt mußte man dazu tun?

Die Mannschaft der *Llanvabon* suchte nach Antworten zu all diesen Fragen – und daß es auf dem anderen Schiff nicht anders aussah, daran zweifelte niemand mehr. Aber die wichtigste Frage blieb die nach der Position der Heimatwelt des anderen. Im Falle eines interstellaren Krieges konnte dies ausschlaggebend sein. Aber natürlich waren andere Fragen nicht weniger wichtig.

Die Tragik dieses ersten Kontaktes lag darin, daß niemand wußte, wie er seinen vorhandenen guten Willen beweisen konnte, ohne die eigene Sicherheit aufs Spiel zu setzen.

So herrschte zwischen den beiden Schiffen lediglich eine Art Waffenstillstand, in dem die Fremden die *Llanvabon* beobachteten und die Leute der *Llanvabon* die Fremden. Nur der kugelförmige Roboter schwebte zwischen ihnen leuchtend in der Leere. Er wurde unablässig von der *Llanvabon* aus beobachtet. Damit war der erste Schritt getan.

Sie machten rasch Fortschritte, und Tommy Dort war der erste, der einen Bericht liefern konnte. Nachdem seine eigentliche Spezialaufgabe beendet war, hatte man ihn beauftragt, über das Problem der Kontaktaufnahme mit den fremden Entitäten zu arbeiten. Zusammen mit dem Schiffspsychologen betrat er den Kontrollraum des Kapitäns und erklärte ihm, in welcher Weise er vorgegangen war. Wie immer herrschte auch diesesmal die gedämpfte, rote Beleuchtung der Instrumentenkonsolen in der Zentrale vor. Sämtliche an den Wänden befestigten Visischirme waren in Betrieb.

»Wir haben eine ziemlich befriedigende Verständigung erreicht, Sir«, erklärte der Psychologe. Er wirkte abgespannt. Seine Funktion auf dieser Reise bestand an sich darin, die Besatzung auf ihrem langen Flug zu beobachten und aus ihrem Verhalten Schlüsse auf die nervliche Belastbarkeit von Raumfahrern zu ziehen. Obwohl man ihm jetzt eine Aufgabe zumutete, für die er nicht ausgebildet war, hielt er sich bemerkenswert aufrecht. Dennoch war nicht zu verkennen, daß ein spürbarer Druck auf ihm lastete. »Wir können den Fremden mitteilen, was wir wünschen, und sind ebenfalls in der Lage, ihre Antworten zu verstehen. Aber natürlich ist es unmöglich, herauszufinden, wieviel von dem, was sie sagen, der Wahrheit entspricht.«

Der Kapitän wandte sich Tommy Dort zu.

»Wir haben ein Gerät zwischengeschaltet«, erklärte Tommy, »das in gewisser Weise als mechanischer Übersetzer zu bezeichnen ist. Wir arbeiten mit Fernsehschirmen und Kurzwellen. Die Fremden benutzen Frequenzmodulationen und zusätzlich etwas, das möglicherweise eine Variation von Wellenformationen ist. Wir benutzen so eine Sprache, die weder die ihre noch die unsere ist. Sie senden uns Kurzwellen mit Frequenzmodulation herüber, und wir wandeln sie in Ton um. Wenn wir antworten, gehen die Fremden den umgekehrten Weg.«

Stirnrunzelnd fragte der Kapitän: »Warum benutzen sie unterschiedliche Wellenformen? Haben Sie darüber etwas herausgefunden?«

»Wir haben ihnen über einen Visischirm unser Aufzeichnungsgerät gezeigt. Daraufhin zeigten sie uns das ihre. Sie benutzen Frequenzmodulationen, nehme ich an«, erwiderte Tommy vorsichtig, »weil sie offenbar überhaupt keine verbale Verständigung kennen. Wir haben festgestellt, daß sie beim Sprechen die Lippen nicht bewegen. Anstatt in ein Mikrofon zu reden, stehen sie einfach neben einem Ding, das wie eine Antenne aussieht. Ich vermute, Sir, daß sie Mikrowellen benutzen, um sich untereinander zu verständigen. Ich glaube, sie erzeugen Kurzwellen in der gleichen Art wie wir Laute.«

Der Kapitän starrte Tommy an.

»Bedeutet das, daß sie Telepathie benutzen?«

»Hmmm . . . Ja, Sir«, erwiderte Tommy, »aber in dem Sinne, daß wir dann auch telepathisch veranlagt sind, Sir, jedenfalls soweit es sich auf die anderen bezieht. Höchstwahrscheinlich sind die Fremden taub. Sie hatten bisher keine Ahnung, daß man Luftschwingungen als Verständigungsmittel benutzen kann. Sie kennen so etwas wie Geräusche nicht.«

»Sonst noch etwas?« fragte der Kapitän.

»Nun, Sir«, druckste Tommy herum, »ich glaube, wir haben bis jetzt einiges geleistet. Wir haben Übereinkünfte mit ihnen getroffen, was bestimmte Gegenstände und ihre Bezeichnungen betrifft, soweit das über die Bildschirme möglich war. Mit Hilfe von Bildern und Diagrammen haben wir sprachliche Beziehungen geklärt. Wir kennen nun mehrere tausend ihrer Wörter und Symbole. Wir haben einen Analysator konstruiert, der ihre Kurzwellensignale speichert und sie uns dekodiert. Gleichzeitig können wir Sendungen zu ihnen hinüberschicken, die sie entziffern können. Wenn Sie jetzt bereit sind, mit dem Kapitän des anderes Schiffes zu sprechen, Sir – wir sind bereit!«

»Hmmm«, machte der Kapitän. Er wandte sich wieder dem Psychologen zu und fragte: »Welchen Eindruck haben Sie von der Psyche der Fremden gewonnen?«

»Ich weiß nicht, Sir«, erwiderte der Mann aufgeschreckt. »Sie scheinen stets das zu sagen, was sie denken. Aber ich habe nicht das geringste Anzeichen von Aufregung bei ihnen feststellen können, jetzt wo sie wissen, daß wir existieren. Sie tun einfach so, als sei die Aufnahme der Beziehungen zwischen uns eine ganz simple und normale Angelegenheit. Als hätten sie das alles nur arrangiert, um mit jemandem ein Schwätzchen abzuhalten. Aber in ihrer Sprache ist . . . nun . . . ein Unterton . . .«

Der Bordpsychologe der *Llanvabon* war, was Menschen anbetraf, eine Kapazität auf seinem Gebiet. Aber die Psyche einer völlig anderen Wesenheit zu deuten blieb für ihn ein sinnloses Unterfangen.

»W-wenn ich dazu etwas sagen darf, Sir«, stotterte Tommy aufgeregt.

»Bitte?«

»Sie sind ebenfalls Sauerstoffatmer«, fuhr Tommy fort. »Und auch in anderen Dingen scheinen sie sich nicht sonderlich von uns zu unterscheiden. Ich habe den Eindruck, Sir, daß sie eine ähnliche Entwicklung durchlaufen haben wie wir. Vielleicht entwickelt sich Intelligenz immer nach bestimmten Linien, etwa wie . . . wie, ja, wie körperliche Grundfunktionen. Ich meine . . . äh . . . daß vielleicht alle Lebewesen intelligenter Art Nahrung einnehmen, sie verdauen und exkrementieren. Vielleicht kann man dann auch voraussetzen, daß sie auch wahrnehmen und kommunizieren können und dabei persönliche Reaktionen zur Schau stellen. Ich bin sicher, daß ich in ihren Worten so etwas wie Ironie entdeckt habe. Was natürlich voraussetzt, daß sie

Humor besitzen. Kurz gesagt, Sir, ich könnte mir vorstellen, daß sie . . . äh . . . nett sind.«

Der Kapitän stand auf.

»Hmmm«, machte er erneut. »Dann wollen wir mal sehen, was sie uns zu sagen haben.«

Sie begaben sich in das Kommunikationszentrum. Die Kamera, die den kugelförmigen Roboter beobachtete, war sendebereit. Der Kapitän setzte sich vor das Aufnahmeobjektiv, während Tommy Dort sich an die Dekodiermaschine setzte und den Schlüssel eingab. Schrille Geräusche drangen aus dem Lautsprecher, wurden von einem Mikrofon aufgenommen und als Frequenzmodulation durch den Weltraum zu dem fremden Schiff hinübergeleitet. Dann zeichnete sich über die automatische Relaisstation das Innere des anderen Schiffes auf dem Visischirm ab. Ein Fremder erschien auf der Mattscheibe und schaute angestrengt in das Kommunikationszentrum der *Llanvabon*. Er wirkte sehr menschenähnlich, besaß jedoch keine Haare. Der Gesichtsausdruck des Wesens war sympathisch und zeigte in der Tat einen Anflug von Humor.

»Ich möchte nur sagen«, sagte der Kapitän schwer, »daß ich diese Begegnung zwischen unseren Rassen begrüße, und daß sich daraus eine befriedigende Beziehung zwischen unseren beiden Völkern ergeben mag.«

Tommy Dort zögerte. Dann zuckte er die Achseln und betätigte das Kodiergerät. Erneut klangen die schrillen Töne auf.

Der Kapitän des anderen Schiffes schien die Botschaft empfangen zu haben, denn er machte eine Geste, die man als Bejahung deuten konnte. Das Dekodiergerät an Bord der *Llanvabon* begann zu summen und stieß mehrere Wortkarten in das dafür vorgesehene Fach. Aufgeregt stieß Tommy hervor: »Er sagt, Sir: ›Das hört sich ja alles wirklich nett an, aber wissen Sie eine Möglichkeit für uns beide, lebend auf unsere Heimatwelten zurückzukehren? Ich würde mich glücklich schätzen, wenn Sie eine Idee hätten, wie wir das anstellen könnten. Im Moment habe ich den Eindruck, daß einer von uns beiden diese Begegnung schwerlich überleben wird‹.«

III

Die Atmosphäre war verwirrend. Es gab einfach zu viele Fragen, als daß man sie alle auf einmal beantworten konnte. Niemand war in der Lage, das zu tun. Aber sie hatten keine andere Wahl.

Natürlich konnte die *Llanvabon* einfach den Rückflug antreten, in der Hoffnung, daß das Schiff der Fremden ihre Reisegeschwindigkeit nicht überbieten konnte. Wenn es das aber doch konnte und der Erde nahe genug kam, mußte es vernichtet werden. Und dann war es immer noch fraglich, ob die *Llanvabon* stark genug war, dies zu tun. Selbst wenn sie es schaffte, hatte man noch immer keine Gewißheit darüber, ob die Fremden nicht inzwischen die Position der Erde an ihre Heimatwelt abgestrahlt hatten. Und wenn die *Llanvabon* den Kampf verlor, hatte das Unternehmen keinen Sinn. Dann war es schon besser, man blieb hier und ließ sich abschießen. Das konnte immerhin noch verhindern, daß die Erde überraschend von einer fremden Kriegsflotte heimgesucht wurde.

Das schwarze Schiff war in genau der gleichen Situation. Es konnte ebenfalls Richtung Heimat starten. Aber auch dort nahm man an, daß die Triebwerke der *Llanvabon* vielleicht leistungsstärker waren als die eigenen. Also konnten auch die Fremden nicht wissen, wer von ihnen der schnellere war. Deswegen beschlossen auch sie, hierzubleiben, bevor sie einer anderen Rasse und einem potentiellen Gegner die Möglichkeit einräumten, die eigene Zivilisation zu überfallen.

Damit war für beide Schiffe eine Flucht ausgeschlossen. Der augenblickliche Kurs der *Llanvabon* konnte der Besatzung des fremden Schiffes vielleicht bekannt sein, aber es würde ihnen unmöglich sein, aus dem Ende einer logarithmischen Kurve ihren Startplatz zu errechnen. Genauso sah die Lage umgekehrt aus. Und das reduzierte alles weitere auf die simple Frage: »Was nun?«

Und darauf gab es keine befriedigende Antwort. Information wurde gegen Information ausgetauscht, und allmählich begann Tommy Dort Blut zu schwitzen, daß er in seiner Aufregung nicht einen Hinweis zuviel gab.

Da die Fremden in der Lage waren, infrarotes Licht wahrzunehmen, konnte man folgern, daß ihre Heimatsonne ein roter Zwerg sein mußte. Aber auch dieses Wissen diente kaum dazu, der Mannschaft der *Llanvabon* zum Vorteil zu gereichen. Schließlich war es auch für die Fremden eine Kleinigkeit, aufgrund ihrer Beobachtungen und der an Bord des irdischen Schiffes herrschenden Lichtverhältnisse auf ihre Sehgewohnheiten zu schließen. Sicherlich hatten auch sie schon herausgefunden, welches Spektrum Sol hatte und zu welcher Sternenkategorie man sie zählen konnte.

Des weiteren verfügten die Fremden über ein Gerät, das mühelos ihre gedankliche, auf Kurzwellenbasis ablaufende Tätigkeit aufnehmen und wieder abspielen konnte, ähnlich einem irdischen Tonbandgerät. Für die Menschen war dies eine ebenso große Überraschung wie für die Fremden die Existenz von Tonaufzeichnungsgeräten. Zwar waren sie in der Lage, Geräusche wahrzunehmen – ebenso wie ein Mensch infrarotes Licht aufgrund seiner Wärme registrieren kann –, aber es war ihnen unmöglich, sie zu analysieren. Auch die Menschen spüren lediglich die Wärme infraroter Bestrahlung, ohne jedoch deren verschiedene Wellenlängen voneinander unterscheiden und somit entschlüsseln zu können. Für die Fremden war die Entdeckung der Kommunikation per Geräusch völlig neuartig, und es stand für sie außer Frage, daß sie irgendwelche Möglichkeiten finden würden, diese neue Technik für sich nutzbringend anzuwenden – falls sie überlebten.

Aber das führte wieder zu der alten Frage zurück, nach der keines der beiden Schiffe seinen Standort verlassen konnte, ohne das andere zu zerstören. Und während der Informationsfluß zwischen ihnen hin- und herlief, war an Startvorbereitungen sowieso nicht zu denken. Während die *Llanvabon* über eine spiegelglatte Außenhülle verfügte, war die des anderen Schiffes tiefschwarz in sichtbarem Licht. Es absorbierte die Wärme bis zur Perfektion und strahlte sie keinesfalls wieder ab, wie sie es eigentlich hätte tun müssen. Die schwarze Umhüllung stellte einen hochwertigen Reflektor dar, der Infrarotwellen aufnahm, deren höhere Frequenzen absorbierte und in niedrigere, nichtstrahlende umwandelte. Auf diese Weise herrschte auf dem Schiff eine stets gleichbleibende Temperatur – selbst im Vakuum.

Tommy Dort unterhielt sich mit seinen Gesprächspartnern auf dem anderen Schiff und stellte dabei fest, daß der Gedankenprozeß der Fremden keineswegs so fremd war, daß er ihm nicht zu folgen vermochte. Die Diskussion ihrer unterschiedlichen Techniken weitete sich schließlich auf das Gebiet interstellarer Navigation aus, für das man eine Sternenkarte benötigte, um gewisse Probleme besser zu verdeutlicen. Natürlich hätte man dazu eine Karte aus dem Navigationsraum herüberholen können – wenn die Fremden nicht in der Lage gewesen wären, aus ihr herauszulesen, von welchem Punkt aus man sie angelegt hatte. Das führte dazu, daß Tommy gezwungen war, eine imaginäre Karte herzustellen, mit eingezeichneten Sonnensystemen, die gar nicht existierten. Dann schickte er seinen Diskussionsbeitrag über die Navigation über Koder und Dekoder. Die Antwort der Fremden bestand darin, daß sie ebenfalls eine Sternenkarte vor ihre Kamera hielten. Die Navigatoren der *Llanvabon* hatten natürlich nichts Eiligeres zu tun, als die Karte vom Bildschirm abzufotografieren und anhand ihres eigenen Kartenmaterials den Standort ihrer Aufnahme zu errechnen. Als sie mit der Arbeit fertig waren, machten sie jedoch lange Gesichter.

Es war Tommy, der herausfand, daß die Fremden nichts anderes getan hatten als die Mannschaft der *Llanvabon*: auch sie hatten zu Demonstrationszwecken eigens eine Sternenkarte angefertigt, aus der nicht der geringste Rückschluß auf ihre Heimatwelt gezogen werden konnte. Daß sie Humor hatten, bewies schon allein die Tatsache, daß sie einfach das Spiegelbild von Tommys Karte zu diesem Zweck verwendet hatten.

Für Tommy war das ein Grund zum Grinsen. Er fing an, die Fremden zu mögen. Auch wenn sie nichtmenschlich waren, besaßen sie doch einen ausgeprägten Sinn für das Skurrile. Diese Erkenntnis führte dazu, daß Tommy versuchte, einen Witz zu erzählen. Obwohl er sich wenig Hoffnung machte, daß durch den Prozeß der Kodierung und Dekodierung etwas von der Pointe übrigblieb, mußte er überrascht feststellen, daß die Fremden ihn verstanden hatten.

Mit einem der Fremden stand Tommy in ständigem Kontakt, und schließlich entwickelte sich durch diese Zusammenarbeit sogar eine Art Freundschaft. Wenn der technische Kram beide Männer ins Schwitzen brachte, unterbrach Tommys Partner die nervtötende Monotonie gelegentlich dadurch, daß er in einen Slang verfiel, was anzeigte, daß er von bürokratischer Disziplin nicht viel hielt. Tommy hatte seinem Gegenüber sogar einen Namen verpaßt, den dieser fortan unter alle übermittelten Nachrichten setzte.

In der dritten Woche ihrer gemeinsamen Arbeit spuckte der Dekoder plötzlich eine Nachricht für Tommy aus. Sie lautete: *Du bist ein netter Kerl. Es ist wirklich eine Schande, daß wir uns gegenseitig umlegen müssen. – Buck.*

Tommy, der den gleichen Gedanken ebenfalls schon gehabt hatte, erwiderte: *Wir sehen einfach keinen Ausweg. Und wie sieht's bei euch drüben aus?*

Nach einer kurzen Pause erwiderte Buck: *Auch unserem Kapitän wäre es lieber, wenn wir einander glauben könnten. Aber wir können euch keinen Glauben schenken – und ihr traut uns nicht über den Weg. Wir würden versuchen, euch zu folgen, wenn ihr nach Hause zurückkehrt. Und ihr würdet das gleiche tun. Wir täten es nur ungern. – Buck.*

Tommy brachte diese Botschaften zum Kapitän. »Sehen Sie sich das an, Sir«, sagte er aufgeregt. »Es kann keinen Zweifel mehr darüber geben, daß sie genauso denken und handeln wie wir.«

Aber der Kapitän schien im Moment mit seinen eigenen Sorgen beschäftigt zu sein. Müde erwiderte er: »Sie sind Sauerstoffatmer. Die Luft, die sie atmen, enthält zwei Prozent weniger Sauerstoff als die, die wir auf der Erde atmen. Dennoch würde es für sie keine Schwierigkeit sein, dort zu leben. Im Gegenteil: unsere Heimat wäre eine wünschenswerte Eroberung für sie. Und wir wissen immer noch nicht, über welche Waffen sie verfügen und wie sie sie einsetzen können. Würden Sie ihnen erzählen, wo sie die Erde finden können?«

»N-nein«, sagte Tommy verlegen.

»Die Fremden denken möglicherweise gar nicht anders. Selbst wenn wir mit ihnen freundschaftliche Beziehungen aufnehmen – woher wissen wir, wie lange sie halten werden? Wenn sie merken, daß ihre eigenen Waffen unseren unterlegen sind, haben sie keine andere Wahl, als sie weiterzuentwickeln. Und wir, wenn wir davon erführen, würden annehmen, daß sie planen, gegen uns vorzugehen. Und wir würden sie vernichten, bevor sie zu stark werden. Und für sie sieht die ganze Sache ganz genauso aus, fürchte ich.«

Tommy schwieg, aber es war ihm unmöglich, still dazustehen.

»Wenn wir das schwarze Schiff vernichten und zur Erde zurückkehren«, murmelte der Kapitän, »wird uns die irdische Regierung in die Zange nehmen. Man wird uns fragen, wieso wir nicht alles unternommen haben, um die Welt der Fremden ausfindig zu machen. Aber wie sollen wir das machen? Wir können noch von Glück reden, wenn wir mit heiler Haut aus dieser Situation herauskommen. Es ist unmöglich, von den anderen mehr Informationen zu verlangen, wenn wir ihnen nur ein bestimmtes Potential unseres Wissens zubilligen. Daß ausgerechnet *wir* sie getroffen haben, ist nichts als ein unglücklicher Zufall, aber wenn wir aus dieser Begegnung nichts machen, kann das bedeuten, daß die nächste Begegnung erst wieder in tausend Jahren stattfindet. Und das wäre schade, denn Handelsbeziehungen könnten eine Menge für uns bedeuten. Aber um Frieden zu schließen, benötigt man zwei Parteien, und wir können das Risiko, ihnen blind zu vertrauen, einfach nicht eingehen. Die einzige Antwort auf all unsere Fragen ist, daß wir sie vernichten müssen – falls wir dazu in der Lage sind. Und wenn wir das nicht können, muß zumindest sichergestellt werden, daß sie, nachdem sie uns vernichtet haben, keine Notiz an Bord zurückbleibt, die ihnen Aufschluß über die Koordinaten des irdischen Sonnensystems gibt.« Der Kapitän seufzte. »Die ganze Sache behagt mir überhaupt nicht«, fügte er hinzu, »aber es gibt einfach keinen anderen Ausweg!«

IV

An Bord der *Llanvabon* arbeiteten die Techniker fieberhaft in zwei Gruppen. Während die eine sich auf einen Erfolg vorbereitete, richtete die andere sich auf eine Niederlage ein. Die Hauptblaster waren die einzigen erfolgversprechenden Waffen. Man hatte ihre Mündungen aus der üblichen, nach vorne zielenden Richtung, wo sie lediglich einen Neigungswinkel von 5 Grad besaßen, herausgenommen, so daß sie nun nahezu nach allen Seiten einsetzbar waren. Elektronische Kontrollen, die an ein Zielsuchgerät angeschlossen waren, würden dafür sorgen, daß sie in jede gewünschte Richtung geschwenkt werden konnten. Des weiteren hatte ein unbekanntes Genie aus dem Maschinenraum eine Möglichkeit ausfindig gemacht, die komplette Schiffsenergie der *Llanvabon* auf die Blaster umzuleiten, was ihnen eine Vernichtungskraft ermöglichte, die weit über dem Normalwert lag. Theoretisch war die Reichweite der Waffen nun verdoppelt worden, und ihre Schußkraft ohne Begrenzung. Mehr konnte man aber auch in diesem Moment nicht tun.

Die zweite Gruppe hatte allerdings mehr zu tun. Sämtliche Sternkarten und Navigationsinstrumente, von denen man irgendwelche Werte ablesen konnte, sämtliche von Tommy Dort hergestellten Fotografien, alle Rechendiagramme, jede Notiz, die auch nur einen vagen Hinweis auf die Koordinaten der Erde beinhaltete, wurde für die Vernichtung bereitgelegt. Man verpackte sie in versiegelten Boxen, die sich bei unbefugter Berührung sofort entzünden würden, ohne daß es eine Möglichkeit gab, aus den Ascheresten irgendwelche Rückschlüsse zu ziehen. Im Falle eines Sieges der *Llanvabon* waren die Behälter natürlich – unter Zuhilfenahme eines komplizierten Prozesses – wieder zu öffnen.

Auf der gesamten Außenhülle des Schiffes wurden Atombomben placiert. Falls die Mannschaft mit einer Waffe getötet werden sollte, die das Schiff selbst unbeschädigt ließ, würden die Bomben in dem Moment explodieren, in dem man das Schiff in die Nähe des anderen brachte. Im Innern der *Llanvabon* selbst befanden sich keine scharfgemachten Atombomben. Vier Männer in Raumanzügen standen bereit, um jedes plötzliche Leck in der Schiffswand sofort abdichten zu können, falls ein plötzlicher, unerwarteter Angriff erfolgte.

Ein solcher Angriff war allerdings nicht zu erwarten, wenn man der freundlichen Art des fremden Kapitäns Glauben schenken konnte. Er hatte ihnen deutlich zu verstehen gegeben, daß er von Lügen nichts hielt. Und der Kapitän der *Llanvabon* hatte diese Freundlichkeit zwanglos erwidert. Jeder hatte klar ausgedrückt – und es vielleicht sogar ehrlich gemeint –, daß er sich nichts anderes wünschte, als daß zwischen ihren beiden Rassen Freundschaft herrschen möge, aber keiner hatte den anderen auch darüber im unklaren gelassen, daß er nichts unversucht lassen konnte, die Koordinaten seines Heimatplaneten zu erfahren. Und keiner zweifelte daran, daß der andere auch dazu in der Lage war. Weil beide Männer sich gegenüber dem anderen verpflichtet fühlten, die Wahrheit zu sagen, konnte keiner von ihnen dem anderen bedingungslos trauen. Sie mußten kämpfen, weil es keinen anderen Ausweg für sie gab.

Natürlich hätten sie den Ausgang der Konfrontation dadurch beeinflussen können, indem sie sich fairerweise ihre Informationen zuspielten. Konnte aber der eine nachprüfen, ob der andere die Wahrheit sagte? Zwar hatte der beiderseitige Informationsfluß einiges an neuem Wissen erbracht, aber Hinweise auf Waffen, Mannschaftsstärke und Fähigkeiten beider Schiffe waren tunlichst unterblieben. Und keiner hatte auch nur die Entfernung seines Sonnensystems vom Carb-Nebel erwähnt. Sie hatten Informationen ausgetauscht, aber sie hatten von Anfang an gewußt, daß dennoch ein Kampf auf Leben und Tod folgen würde, bei dem jedes Schiff zu demonstrieren versuchte, wie mächtig und stark die eigene Zivilisation sei, um durch Abschreckung Eroberungsgelüste der anderen von vornherein zu verunsichern.

Trotz allem war es für Tommy Dort immer wieder faszinierend, welche Wege die Gehirne der Fremden beschritten. Je mehr er über den Kodiergeräten schwitzte, desto öfter fiel ihm, wenn er die gespeicherten, sich selbst wieder einordnenden Wortkarten betrachtete, auf, wie sehr sie doch einander glichen. Er hatte die Fremden bisher lediglich über den Visischirm gesehen, und dabei auch nur in einem Licht, das sich nur in einem Bruchteil unterschied von dem, das sie gewohnt waren. Er selbst mußte den Fremden wiederum sehr seltsam erscheinen: in einem sich wandelnden Glanz, der für die Fremden wie ein dunkles Ultraviolett wirken mußte. Aber ihre Gehirne arbeiteten auf gleicher Basis. Sie waren einander unglaublich ähnlich. Tommy fühlte eine spontane Sympathie und sogar so etwas wie eine starke Freundschaft gegenüber den durch Kiemen atmenden, kahlköpfigen und ironischen Kreaturen des schwarzen Raumschiffes.

Durch diese von einer Art Hoffnungslosigkeit vorangetriebenen geistigen Freundschaft kam er dazu, die Probleme, die zwischen ihnen existierten, vorurteilslos vor sich auf den Tisch zu legen. Er glaubte zunächst einmal nicht daran, daß die Fremden irgendein instinktives Bedürfnis hatten, die Menschheit zu zerstören. Tatsächlich hatte eine Auswertung der Kommunikation zwischen beiden Rassen ergeben, daß sich zwischen beiden Besatzungen ein Verhältnis ergeben hatte, das man mit dem zweier feindlicher Soldaten während eines Waffenstillstandes auf der Erde vergleichen konnte. Weder die Menschen noch die Fremden hatten irgendeine Art von Feindseligkeit zu spüren bekommen. Aber der Grund, aus dem beide töten oder getötet werden mußten, hatte einen strikt logischen Grund.

Tommy nahm an seinem Schreibtisch Platz und begann – in der Reihenfolge ihrer Wichtigkeit – aufzulisten, welche Dinge die Menschheit in Erfahrung bringen mußte. Das erste war natürlich die Nachricht, daß man auf eine fremde Rasse gestoßen war. Zweitens die Lokalisierung der fremden Kultur innerhalb der Milchstraße. Drittens mußten der Erde soviel Informationen wie möglich über die Fremden gegeben werden. An Punkt drei wurde bereits mit Volldampf gearbeitet, aber Punkt zwei war wahrscheinlich unmöglich zu erledigen. Punkt eins würde sich überhaupt nur dann erledigen lassen, wenn die *Llanvabon* den Kampf überstand.

Und auch in diesem Falle galt für die Fremden das gleiche. Auch sie mußten ihrer Heimatwelt die Nachricht von der Entdeckung einer anderen raumfahrenden Rasse mitteilen, alle Informationen über deren Kultur sammeln und den Standort ihres Planeten herausbekommen, um gegen einen zukünftigen Überraschungsangriff gewappnet zu sein. Und die Probleme, die sich mit der Erledigung dieser drei Punkte ergaben, waren mit denen der *Llanvabon* identisch. Auch die Fremden würden den Ausgang der Schlacht abzuwarten haben.

Es gab keinen anderen Weg als den, den alle Beteiligten als unbehaglich empfanden. Während die Erdenmenschen keine andere Problemlösung sahen als die Zerstörung des schwarzen Schiffs, gab es für die Fremden keine andere Chance als die Vernichtung der *Llanvabon.* Und dennoch erkannte Tommy Dort, über seine Liste gebeugt, daß auch dies für keine der Parteien eine befriedigende Endlösung war. Am besten würde es natürlich sein, wenn man das fremde Schiff zur Erde mitnehmen könnte, um es dort eingehend zu studieren. Das könnte sicherlich mit dazu beitragen, das Problem Nummer drei zu lösen. Dennoch konnte er sich mit einem solch durchschlagenden Sieg nicht anfreunden. Der Gedanke an die Tötung eines nichtmenschlichen Wesens, das menschliche Witze verstand, mißfiel ihm gründlich. Und außerdem war es ihm ein Greuel, sich vorzustellen, daß die Erde nach ihrer Rückkehr eine Schlachtflotte ausschickte, um eine Kultur zu zerstören, weil sie in ihr einen potentiellen Gegner sah. Der pure Zufall, daß sich zwei bislang unbekannte Völker, die sich unter normalen Umständen sicher ganz anders verhalten hätten, durfte einfach keine Situation heraufbeschwören, die nur mit dem Resultat enden konnte, daß das eine diese Begegnung nicht überlebte.

Tommy zermarterte sich das Gehirn auf der Suche nach einer Antwort, die für alle befriedigend war. Es mußte einfach eine friedliche Lösung geben! Es war einfach absurd, daß hier zwei Raumschiffe, die überhaupt nicht dazu geschaffen waren – dazu gezwungen wurden, aufeinander loszugehen, bloß damit das überlebende anschließend mit der Nachricht nach Hause zurückkehren konnte, es habe irgendwo im All einen Kontakt mit einer anderen Rasse gehabt, woraufhin man sich bis an die Zähne bewaffnen würde und in der ständigen Angst leben müßte, von den anderen eines Tages entdeckt und in einen Krieg hineingezogen zu werden.

Wenn man beide Rassen von diesem Zusammentreffen informieren könnte, und jede von der anderen erfuhr, daß keiner gewillt war, einen Kampf auszutragen – wenn man in die Lage kam, miteinander Verhandlungen zu führen, ohne gleichzeitig seine Koordinaten preiszugeben, bis es eine Möglichkeit gab, dem anderen das uneingeschränkte Vertrauen zu schenken . . .

Es war unmöglich. Wunschdenken und Tagträumerei. Purer Nonsens. Aber es war solch anziehender Unfug, daß Tommy Dort nicht zögerte, ihn in den Kodierer zu geben und ihn zu seinem Freund Buck hinüberzusenden, der die Nachricht einige hunderttausend Meilen entfernt in seinem Schiff, das hinter den Schleiern des Nebels verborgen lag, empfing.

»Klar«, erwiderte Buck, und die vom Dekodierer ausgestoßenen Wortkarten ratterten in den dafür vorgesehenen Rahmen, »die Idee ist nicht übel. Ich kann dich gut leiden und muß dir gleichzeitig mißtrauen. Als ich dir das damals sagte, hast du mir auch nicht ganz glauben können. Ich sage dir die Wahrheit, und möglicherweise tust du das auch. Aber ich wüßte nicht, wie ich mir sicher sein könnte. Tut mir leid.«

Tommy Dort starrte schwermütig auf die Nachricht. Die auf seinen Schultern lastende Verantwortung begann ihn mit jedem Tag mehr zu erdrücken. Und den anderen an Bord der *Llanvabon* erging es sicher nicht anders. Wenn sie jetzt versagten, stand das Leben mehrerer Milliarden Menschen auf dem Spiel. Waren sie jedoch erfolgreich, war damit das Schicksal der anderen Rasse entschieden. Millionen – sogar Milliarden Menschenleben auf beiden Seiten hingen nun von den Entscheidungen einer Handvoll ihrer Vertreter ab.

Und dann sah Tommy die Lösung.

Wenn es funktionierte, würde alles nur noch von umwerfender Einfachheit sein. Schlimmstenfalls würde es den Menschen an Bord der *Llanvabon* zumindest einen Teilsieg ermöglichen. Tommy Dort blieb still sitzen, um sich voll auf die Gedanken, die jetzt durch sein Bewußtsein rasten, zu konzentrieren. Er wartete ab, bis ihr Strom wieder versiegte, dann überprüfte er sie noch einmal von allen Seiten. Er hatte die Lösung, das war sicher!

Als er vor der Tür des Kontrollraums stand und um ein Gespräch mit dem Kapitän bat, fühlte er sich noch immer wie benebelt.

Es gehört zu den Aufgaben eines Schiffskommandanten, sich Sorgen zu machen – unter anderem. Und der Kapitän der *Llanvabon* hatte deren in den vergangenen Wochen leidlich genug gehabt. In den drei Wochen und vier Tagen, seitdem man sich hier gegenüberstand, hatte sich das Gesicht des Kapitäns in Falten gelegt. Er sah müde und verbraucht aus. Und das lag nicht nur daran, daß er sich um die *Llanvabon* Sorgen machte, sondern um die ganze menschliche Rasse.

»Sir«, begann Tommy Dort, der mit seiner ausgetrockneten Kehle Mühe hatte, verständliche Worte zu bilden, »darf ich Ihnen die Möglichkeiten eines Angriffs auf das schwarze Schiff auseinanderlegen? Ich bin bereit, dieses Unternehmen alleine auszuführen. Wenn es mir mißlingen sollte . . . nun, dann ist die Position der *Llanvabon* jedenfalls nicht schwächer als jetzt.«

Der Kapitän musterte ihn mit einem geistesabwesenden Blick.

»Unsere Pläne, Mr. Dort«, erwiderte er schließlich, »stehen bereits fest. Wir sind schon dabei, die Steuerungsprogramme für das Schiff zu stanzen. Es ist sicher keine angenehme Situation, in der wir uns nun befinden, aber wir haben jetzt wirklich keine andere Wahl mehr.«

»Ich glaube«, meinte Tommy vorsichtig, »daß ich eine Methode ausgearbeitet habe, die jedes Risiko ausschaltet, Sir. Stellen Sie sich bitte folgendes vor: wir schicken eine Nachricht zu den Fremden hinüber und bieten ihnen an . . .«

Er unterbreitete dem Kapitän seinen Plan. Auf den Visischirmen leuchtete hell der Nebel, und in seinem Mittelpunkt strahlten die beiden Sonnen.

V

Der Kapitän verließ zusammen mit Tommy Dort die Luftschleuse, denn die Vorgehensweise, nach der Tommy arbeiten wollte, erforderte dessen Autorität. Außerdem hatte der Mann auf der *Llanvabon* sich mehr als jeder andere mit ihrem gemeinsamen Problem herumgeschlagen und benötigte dringend eine Möglichkeit, der endlosen Grübelei, die ihn an Bord beinahe schwermütig zu machen drohte, für eine Weile zu entfliehen. Er war aus eigenem Antrieb mitgekommen und war sich völlig klar darüber, daß er der erste Tote sein würde, wenn ihr Plan mißlang.

Die Kampftaktik der *Llanvabon* war bereits in den großen Computern gespeichert, und es bedurfte nur noch eines einfachen Knopfdrucks, um das Schiff in eine Maschine zu verwandeln, die alles daransetzen würde, das andere zu zerstören oder selbst unterzugehen.

Auch das war ein Grund gewesen, das Schiff zu verlassen: die *Llanvabon* benötigte, wenn es zu einem Kampf kam, ihren Kommandanten sowieso nicht mehr.

Die äußere Schleusentür schwang weit auf und zeigte das leuchtende Nichts des Crab-Nebels. Zwanzig Meilen entfernt schwebte der kleine Kommunikationsroboter in einer Kreisbahn um das Doppelsonnensystem und kam ihnen näher und näher. Natürlich würde er keinen der beiden Sterne je erreichen, sondern bereits verdampfen, ehe er ihnen auch nur eine Milliarde Meilen nahe gekommen war. Allein der weiße Zwerg strahlte eine solche Hitze aus, daß er noch in der Lage gewesen wäre, auf einem Planeten, der fünfmal weiter von Sol entfernt war als Neptun, nahezu irdische Wäremeentwicklungen erzeugen konnte. Noch in der Umlaufbahn des Pluto würde der kleine Robotkörper rotglühend werden.

Die beiden mit Raumanzügen bekleideten Gestalten entfernten sich von der *Llanvabon.* Die winzigen Atomtriebwerke, die sich auf ihren Rücken befanden, ließen sie wie Raketen vorantreiben. Sie bewegten sich auf den Kommunikationsroboter zu, während die Stimme des Kapitäns heiser aus Tommys Helmlautsprechern klang.

»Mein ganzes Leben lang habe ich mich danach gesehnt, ein Abenteuer zu erleben, Mr. Dort. Und dies ist endlich mal eines, das ich auch verantworten kann.«

Tommy befeuchtete seine Lippen und erwiderte: »Es kommt mir nicht wie ein Abenteuer vor, Sir. Ich wünschte, wir hätten das alles bereits hinter uns. Bei einem Abenteuer sollte man an sich keine Angst haben. Aber ich habe welche.«

»Aber nein«, erwiderte der Kapitän. »Ein Abenteuer ist es, wenn Sie Ihre Finger in eine Steckdose stecken und damit rechnen, daß schon irgend jemand die Sicherung herausdrehen wird.«

Sie erreichten die Kugel und hielten sich an den antennenartigen Auswüchsen fest.

»Diese Geschöpfe scheinen recht intelligent zu sein«, sagte der Kapitän schweratmend, »sonst hätten sie nicht verlangt, mehr von unserem Schiff sehen zu wollen als lediglich die Funkzentrale, bevor sie auf unseren Vorschlag eingingen, daß wir uns, ehe wir zu kämpfen beginnen, gegenseitig einen Besuch abstatten sollten.«

»Ja, Sir«, erwiderte Tommy. Insgeheim vermutete er allerdings, daß Buck – sein durch Kiemen atmender Freund – ihn noch gerne einmal in Fleisch und Blut vor sich haben wollte, bevor der eine oder andere von ihnen sein Leben ließ. Irgendwie hatte sich zwischen den beiden Mannschaften ein Verhältnis entwickelt, das denen von mittelalterlichen Rittern ähnelte, die einander vor einem Turnier mit ausgesuchter Höflichkeit begegneten, bevor sie sich gegenseitig die Köpfe einschlugen.

Sie warteten.

Dann tauchten vor ihnen aus dem Nebel zwei Gestalten auf. Die Raumanzüge der Fremden besaßen ähnliche Antriebe wie die der Menschen. Die Wesen selbst waren kleiner als Tommy und der Kapitän, und ihre Helme waren so stark gegen ultraviolette Strahlen isoliert, daß man nur vage die Umrisse ihrer Köpfe hinter den Helmglasscheiben erkennen konnte.

Aus dem Kommunikationszentrum der *Llanvabon* drang eine Stimme an Tommys Ohren:

»Sie sagen, daß man Sie auf ihrem Schiff erwartet, Sir. Die Luftschleuse wird geöffnet sein.«

Mit tiefer Stimme sagte der Kapitän: »Haben Sie ihre Raumanzüge vorher schon einmal gesehen, Mr. Dort? Wenn ja, sind Sie sicher, daß sie darin nicht etwas transportieren können, was uns gefährlich werden kann? Vielleicht Bomben?«

»Ja, Sir«, erwiderte Tommy. »Wir haben einander unsere Raumausrüstungen gezeigt. Nach dem, was ich erkennen kann, ist es unmöglich, daß sie irgend etwas bei sich verstecken, Sir.«

Der Kapitän winkte den beiden Fremden zu, dann stießen er und Tommy sich wieder von der Kugel ab und steuerten auf das schwarze Schiff zu. Da sie ohne technische Hilfsmittel nicht in der Lage waren, das Schiff jetzt schon auszumachen, erhielten sie ihre Kursdaten direkt aus dem Navigationszentrum der *Llanvabon.*

Dann tauchte der schwarze Schatten vor ihnen auf. Er war riesig; genauso lang wie ihr eigenes Schiff, aber in jedem Fall dicker. Die Luftschleuse war geöffnet. Die beiden Männer schwebten hinein und verankerten sich mit ihren magnetischen Stiefeln. Die Außentür schloß sich. Zischend strömte Sauerstoff in den Schleusenraum ein. Gleichzeitig machte sich das Ansteigen der Schwerkraft bemerkbar. Dann öffnete sich die innere Tür.

Vor ihnen herrschte Dunkelheit. Tommy schaltete seine Helmlampe im gleichen Augenblick an wie der Kapitän. Da die Fremden im Infrarotbereich waren, würde weißes Licht ihnen sicherlich nicht gut bekommen. Deswegen hatte man die Helmleuchten mit einem Farbfilter versehen, so daß ihr Schein ähnlich dem der Kontrollampen auf der *Llanvabon* waren. Einige der Fremden erwarteten sie. Ihre Augen waren halb zugekniffen, als sie in die Lichter der Helmleuchten sahen.

Die Lautsprecherstimme in Tommys Helm sagte: »Sie sagen, daß der Kapitän Sie erwartet, Sir.«

Sie befanden sich nun in einem langen Korridor, dessen Fußboden ziemlich weich war. Die Helmlampen beleuchteten

Dinge, die – ohne Ausnahme – einen exotischen Eindruck erweckten.

»Ich glaube, wir können die Helme jetzt abnehmen, Sir«, sagte Tommy. Er tat es und stellte fest, daß die Luft gut schmeckte. Sie mochte etwa dreißig Prozent Sauerstoff beinhalten, aber ihr Druck war geringer. Es war genau richtig. Und die Schwerkraft war ebenfalls weniger stark als die auf der *Llanvabon.* Das bedeutete, daß die Heimatwelt der Fremden kleiner war als die Erde und sehr nahe um eine sterbende, dunkelrote Sonne kreiste. Die Luft roch nach etwas Merkwürdigem. Sie enthielt einen fremdartigen Duft, der jedoch nicht unangenehm war.

Eine weitere Öffnung. Ein Korridor mit dem gleichen weichen Bodenbelag. Lichter glühten rot auf. Die Fremden hatten aus Freundlichkeit eine Zusatzbeleuchtung eingeschaltet, obwohl das ihren Augen sicherlich nicht gerade wohltat. Allein diese Tatsache bestärkte Tommy in seinem Entschluß, seinen Plan unter allen Umständen durchzuführen.

Der Kommandant der Fremden sah sie an, und sein Gesichtsausdruck erweckte den Eindruck, als wolle er sich in einer humorigen Weise entschuldigen. Die Stimme aus dem Helmlautsprecher sagte: »Er sagt, daß er Sie mit großer Ehrfurcht begrüßt, Sir, daß er aber noch immer keinen Ausweg aus unserem Dilemma gefunden hat.«

»Er spielt auf den ausweglosen Kampf an«, erwiderte der Kapitän. »Sagen Sie ihm, daß ich hierhergekommen bin, um einen neuen Vorschlag zu machen.«

Obwohl sich die Kapitäne beider Schiffe nun Angesicht zu Angesicht gegenüberstanden, war die Kommunikation zwischen ihnen dennoch indirekter Natur. Die Fremden benutzten keine Laute, um sich untereinander verständlich zu machen. Ihre Gespräche fanden im Mikrowellenbereich statt, möglicherweise sogar telepathisch. Aber sie konnten im wahrsten Sinne des Wortes nicht hören, wie der Kapitän der *Llanvabon* und Tommy Dort sich einander verständlich machten. Wenn der Kapitän zum Kommandanten der Fremden sprechen wollte, mußten seine Worte zur *Llanvabon* übertragen, dort in den Kodierer und von dort aus schließlich auf dem Wege von Kurzwellen auf das schwarze Schiff übertragen werden. Die Antwort des fremden Kommandanten ging zuerst in dessen Kommunikationszentrum, von dort aus zur *Llanvabon* und dann per Funk, nachdem man die Worte dechiffriert hatte, über das Helmmikrofon zu Tommy und dem Kapitän zurück. Es war ein unglaubliches Provisorium – aber es funktionierte.

Der untersetzte, stämmige Fremde machte eine Pause. Dann erwachten die Helmlautsprecher zu neuem Leben und übersetzten seine lautlosen Worte.

»Er ist bereit, Ihnen zuzuhören, Sir.«

Jetzt entledigte sich auch der Kapitän der *Llanvabon* seines Helmes. In kampflustiger Pose klopfte er gegen seinen Gürtel und sagte mit rauher Stimme zu dem kalköpfigen, fremdartigen Geschöpf, das beleuchtet von rotem Licht vor ihm stand: »Passen Sie auf! Bisher haben wir nur die Möglichkeit eines unausweichlichen Kampfes zwischen uns gesehen. Wenn Sie gewinnen sollten, werden Sie dennoch keine Chance haben, etwas über uns und unseren Planeten herauszufinden, denn wir haben dafür Vorsorge getroffen. Es besteht aber nicht nur die Möglichkeit, daß nach Ihrem Sieg unsere Leute Sie eines Tages aufspüren, sondern auch die Chance, daß *wir* diesen Kampf gewinnen. Dann wären wir in der gleichen Lage, denn wir zweifeln nicht daran, daß auch Sie alles Material, das für uns von Wichtigkeit sein kann, zur Vernichtung vorbereitet haben. Wenn wir gewinnen und kehren nach Hause zurück, wird unsere Regierung eine Flotte ausrüsten und Ihren Planeten suchen. Und wenn diese Flotte ihn findet, wird sie ihn aus dem Universum fegen. Wenn Sie gewinnen, geschieht das gleiche mit uns! Und alles zusammengenommen ist der reinste Wahnsinn! Wir stecken jetzt seit einem Monat unsere Köpfe zusammen und tauschen Informationen aus, ohne daß wir uns gegenseitig hassen. Es gibt überhaupt keinen Anlaß für uns, aufeinander loszugehen, mit der Ausnahme vielleicht, daß wir unseren Völkern daheim eine Aufregung ersparen wollen.«

Der Kapitän schnappte nach Luft. Tommy Dort legte wie zufällig seine Hände auf den Gürtel seines Raumanzuges. Er wartete ab und hoffte innigst darauf, daß der Trick wirken würde.

»Er erwidert, Sir«, sagte der Mann von der *Llanvabon*, »daß alles, was Sie sagen, völlig der Wahrheit entspricht. Aber er sagt ebenfalls, daß er sein Volk genauso beschützen muß, wie Sie das Ihre.«

»Natürlich!« erwiderte der Kapitän erregt. »Aber die Frage ist doch, welcher Weg der beste ist, um beide Rassen zu beschützen! Die Zukunft zweier Völker per Vabanquespiel zu entscheiden, zeugt nicht von einer übergroßen Sensibilität. Unsere beiden Völker müssen davon erfahren, daß wir einander hier getroffen haben, daß wir beide existieren. Beide Völker sollten die Gewißheit haben, daß das jeweilige andere nicht die Absicht hat, einen Krieg vom Zaun zu brechen. Und selbst wenn wir nicht fähig sein sollten, einander zu lieben, sollten wir wenigstens in der Lage sein, miteinander zu kommunizieren, um Grundlagen für eine Zusammenarbeit zu erarbeiten. Wenn unsere beiderseitigen Regierungen sich unbedingt närrisch verhalten wollen, lassen wir sie doch einfach! Wir sollten ihnen allerdings nicht die Chance versagen, Freundschaft zu schließen, bevor sie aus irgendwelchen obskuren Gründen einen Weltraumkrieg inszenieren!«

Schnell sagte die Lautsprecherstimme: »Er sagt, daß die Schwierigkeit allein schon darin liegt, einander jetzt zu trauen. Wenn die Existenz seiner Rasse auf dem Spiel steht, kann er kein Risiko eingehen – und Sie ebensowenig.«

»Notfalls«, dröhnte der Kapitän der *Llanvabon* und musterte dabei den Kommandanten der Fremden, »kann man davon ausgehen, daß meine Rasse jetzt schon über einen Vorteil verfügt. Wir haben nämlich die atombetriebenen Rückstoßaggregate unserer Raumanzüge, mit denen wir hierhergekommen sind, verstellt. Wir wären damit in der Lage, zehn Pfund hochwertigen Treibstoffs hochgehen zu lassen. Es würde mich nicht wundern, wenn der Treibstoff Ihres Schiffes dabei nicht gleichzeitig hochginge. Das bedeutet im Klartext: Wenn Sie nicht bereit sind, aufgrund unserer bisherigen Aussagen zu einer Übereinkunft mit uns zu kommen, werden Mr. Dort und ich zum Zentrum einer Explosion werden, die Ihr Schiff zu einem Wrack machen wird – wenn nicht gar völlig vernichtet. Und zusätzlich wird die *Llanvabon* mit allem angreifen, was sie zur Verfügung hat!«

Es war eine unwirkliche Szenerie, in der sie sich befanden. Der Kontrollraum des fremden Schiffes lag in einem gedämpften Rotlicht und war überfüllt mit Fremden, die gespannt darauf warteten, welches Resultat die soeben vom Kapitän des irdischen Schiffes gesprochenen Worte in übersetzter Form bringen würden. Die Spannung, die in der Luft hing, war förmlich zu riechen. Der Kommandant der Fremden machte eine Geste. Sofort traten die Helmlautsprecher in Aktion.

»Er fragt, wie Ihre Vorschläge lauten, Sir.«

»Die Schiffe tauschen!« brüllte der Kapitän. »Wir tauschen unsere Schiffe aus und kehren nach Hause zurück! Wir können unsere Instrumente so einstellen, daß sie uns nicht folgen können. Und sie tun das gleiche mit ihren Geräten! Jeder entfernt aus seinem Schiff die Sternkarten und alle Unterlagen. Auch die Waffen! Damit ist die Luft wieder gereinigt. Wir nehmen ihr Schiff und sie das unsere. Niemand kann dem anderen einen Schaden zufügen oder ihn verfolgen, aber jeder wird nach Hause fliegen und die Nachricht mitbringen, daß wir uns getroffen haben. Wir können ein neues Treffen verabreden, hier im Crab-Nebel, wenn der Doppelstern einmal seine Bahn durchlaufen hat, und wenn unsere Leute sie treffen wollen, so sollen sie es tun, und wenn sie Angst haben, sollen sie meinetwegen auch zu Hause bleiben und sich verstecken! Das ist mein Vorschlag. Und wenn er ihn nicht akzeptiert, werden Dort und ich sein Schiff detonieren lassen, und die *Llanvabon* erledigt den Rest!«

Der Kapitän ließ den Kommandanten, während die Übersetzung lief, keine Sekunde aus den Augen. Und er bemerkte auch den genauen Zeitpunkt, als der andere Kapitän verstand, denn im gleichen Moment löste sich dessen sichtbare Spannung. Die Fremden begannen untereinander mit einer unverständlichen Konversation. Einer von ihnen legte sich sogar auf den Boden und wälzte sich herum, als ob er unter großen Schmerzen leide. Die meisten lehnten sich gegen die Bordwände und vollführten die groteskesten Verrenkungen.

Die Lautsprecherstimme, die bisher einem zweifellos biederen und auf Disziplin achtenden Beamten gehört hatte, konnte ihre Verwunderung jetzt nicht mehr verbergen.

»Er sagt, das sei nun mal wirklich ein sagenhaft guter Witz, Sir. Die beiden Leute, die sich an Bord unseres Schiffes aufhalten, hätten nämlich ebenfalls eine Menge Sprengstoff geladen. Und er habe die ganze Zeit über die Absicht gehabt, uns genau dasselbe Angebot zu unterbreiten! Natürlich ist er einverstanden, Sir. Die *Llanvabon* ist ihm mehr wert als sein eigenes Schiff, und er nimmt an, daß wir die Sache nicht anders sehen. Es sieht so aus, Sir, als sei dies die Lösung.«

In diesem Augenblick verstand Tommy Dort auch die

seltsamen Verrenkungen der Fremden: sie krümmten sich vor Lachen.

Natürlich war alles nicht so einfach, wie es zunächst den Anschein hatte. Die genaue Ausarbeitung des Übereinkommens erwies sich als komplizierter, als man erwartet hatte. Drei Tage lang mußte man einander erklären, wie die jeweiligen Schiffsantriebe des anderen funktionierten. Anfangs war alles ein guter Witz gewesen – aber die nachfolgende Arbeit erwies sich als entschieden trocken und sachlich. Die Menschen trieben sich in Scharen an Bord des schwarzen Schiffes herum – und auf der *Llanvabon* wimmelte es von Fremden. Wenn jemand es beabsichtigt hätte, wäre es ein leichtes gewesen, das Schiff des anderen zu sabotieren. Glücklicherweise trat so etwas nicht ein, obwohl es Meinungsverschiedenheiten gab. Allen war klar, eine bessere Lösung als die, daß anstatt einer zwei Expeditionen nach Hause zurückkehrten, gab es nicht.

Die Meinungsverschiedenheiten entzündeten sich allerdings über meist banale Dinge. Sollten die wissenschaftlichen Aufzeichnungen mit übergeben werden oder nicht? Man löste dieses Problem, indem man sie einfach vernichtete. Dann stand die Frage der Bordbibliotheken an. Man entschloß sich am Ende, sie in den jeweiligen Bibliotheken zu belassen, damit sie, sollten sie einmal entziffert werden, den anderen etwas über die Kultur der einen vermitteln konnten, ohne daß eine Propagandaabteilung dazwischengeschaltet wurde.

Trotz allem war die nervliche Situation aller in diesen Tagen angespannt. Die Fremden untersuchten die Nahrungsmittel, die von den Menschen in das schwarze Schiff gebracht wurden. Auf der anderen Seite unterlagen die Lebensmittel der Fremden natürlich der gleichen Kontrolle, bevor sie an Bord der *Llanvabon* gelangten. Es gab endlose Details, über die man konferieren mußte, von der Frage der Auswechslung der Beleuchtungssysteme bis zur letzten Inspektion aller Geräte und Maschinen. Eine gemischte Kommission überprüfte schließlich, ob alle Waffen und Suchsysteme entfernt waren und nicht nachträglich wieder installiert werden konnten, daß kein Gerät, das etwaige Spionagedienste leisten konnte, an Bord geschmuggelt worden war.

Ebenso wie die Fremden darauf achteten, daß auf ihrem Schiff keine brauchbare und einsatzfähige Waffe zurückblieb, waren die Menschen darauf bedacht, ihnen zum Nachteil gereichende Gegenstände zurückzulassen. Es stellte sich heraus, daß beide Mannschaften in punkto Cleverness einander nicht auszutricksen vermochten.

Bevor sich die beiden Schiffe wieder trennten, wurde eine letzte Konferenz anberaumt, die im Kommunikationszentrum der *Llanvabon* stattfand.

»Sagen Sie dem kleinen Wichtelmann«, sagte der Kapitän der *Llanvabon,* »daß er garantiert einen guten Tausch gemacht hat. Und daß er die *Llanvabon* gut behandeln soll.«

Die Antwortkarten klickten.

»Und ich glaube«, erwiderte der Kapitän der Fremden, »daß der Tausch, den Sie gemacht haben, keinesfalls schlechter war. Ich hoffe darauf, daß ich Sie hier wieder antreffe, wenn die Doppelsonne ihre Bahn durchlaufen hat.«

Der letzte Mensch verließ die *Llanvabon,* die bereits im milchigen Nebel verschwand, noch bevor alle das schwarze Schiff betreten hatten. Die Visischirme, die ausgewechselt worden waren, um für menschliche Augen benutzbar zu sein, zeigten bald keine Spur mehr von dem irdischen Raumschiff, das auf einem unbekannten Kurs in den Tiefen des Nebels untertauchte. Das schwarze Schiff glitt durch die Tiefe des Dunkelarms, verließ das diesige Nichts und näherte sich den sichtbaren Sternen. Bald war der Weltraum, wie ihn alle Männer kannten, wieder erreicht. Mit atemloser Spannung erwartete die Besatzung die Einschaltung des Überlichtantriebs, und dann wechselte das schwarze Schiff über in jenen Raum, der es ihm ermöglichte, mit einer Geschwindigkeit zu reisen, die die des Lichts weit übertraf.

Es war viele Tage später, als der Kapitän der *Llanvabon* die Kabine Tommy Dorts betrat und ihn über seltsame Gegenstände gebeugt vorfand. Sie erinnerten ihn an Bücher, und er zweifelte nicht daran, daß es welche waren. Dem Kapitän gefiel das. Inzwischen hatten die Techniker der Mannschaft allerlei befriedigende Resultate über die Funktionsweise des schwarzen Schiffes herausgefunden. Und unzweifelhaft waren die Fremden an Bord der *Llanvabon* ebenso erfolgreich gewesen. Und trotzdem würde das fremde Schiff für die Menschheit von unglaublichem Wert sein. Die Lösung, die man gefunden hatte, war ungleich profitabler als jene, die man durch einen Krieg erreicht hätte, selbst wenn die Erdenmenschen daraus siegreich hervorgegangen wären.

»Hmmm, Mr. Dort«, sagte der Kapitän sinnierend, »nachdem Ihre fotografische Ausrüstung nun leider abhanden gekommen ist, sind wir leider nicht mehr in der Lage, während des Rückfluges einige Aufnahmen zu machen. Ich werde dennoch nicht versäumen, in meinem Bericht zu erwähnen, welche große Hilfe Sie uns waren. Ich werde Sie in jedem Fall lobend erwähnen, Sir.«

»Vielen Dank, Sir«, erwiderte Tommy Dort.

Er wartete ab. Der Kapitän räusperte sich.

»Sie . . . äh . . . waren der erste, der herausfand, daß die Fremden in ähnlicher Weise denken wie wir«, sagte er schließlich. »Wie würden Sie die Chancen einschätzen, falls wir uns wirklich noch einmal mit ihnen im Crab-Nebel träfen, wie wir ausgemacht haben?«

»Oh, das wird schon eine famose Sache werden, Sir«, erwiderte Tommy. »Nach allem, was wir bisher erlebt haben, gebe ich einer gegenseitigen Freundschaft große Chancen. Und nachdem wir wissen, daß sie im Infrarotbereich sehen, können wir die Planeten, für die sie Verwendung haben, sicher leicht verschmerzen. Es gibt keinen Grund, weswegen wir nicht miteinander auskommen sollten. Und was die Psyche unserer beiden Völker angeht, so sind wir ziemlich gleich.«

»Hmmmm. Und was wollen Sie damit sagen?« fragte der Kapitän.

»Nun, sie sind wie wir, Sir!« erwiderte Tommy. »Auch wenn sie durch Kiemen atmen und per Hitzewelle sehen und ihr Blut auf Kupfer anstatt auf Eisen basiert. Auch wenn sich in ihrer Mannschaft nur Männer befanden, Sir, so besitzen sie auch zwei Geschlechter, genau wie wir. Sie haben Familien und . . . äh . . . was ihren Humor angeht . . . Tja, also . . .«

Tommy zögerte.

»Sprechen Sie weiter, Sir«, forderte ihn der Kapitän auf.

»Tja, wissen Sie . . . Da war doch dieser eine, den ich Buck taufte, Sir, weil er einen Namen hatte, der wie all die anderen ein Klangbild in mir formte. Wir waren immer gute Freunde, Sir. Und bevor sich unsere Schiffe trennten, waren wir ein paar Stunden beisammen. Wir . . . äh . . . hatten nichts Bestimmtes zu tun, Sir. Und in dieser Zeit erhielt ich die Gewißheit, daß die

Menschen und die Fremden sich bestimmt gut verstehen werden – auch dann, wenn die Chance, die sie haben, nur halb so groß wäre wie die, die wir jetzt haben. Wissen Sie, Sir, wir haben in diesen zwei Stunden nichts anderes getan als uns gegenseitig schweinische Witze erzählt.«

Aus dem Amerikanischen übersetzt von Ronald M. Hahn.